悔いなく生きよう

瀬戸内寂聴

祥伝社

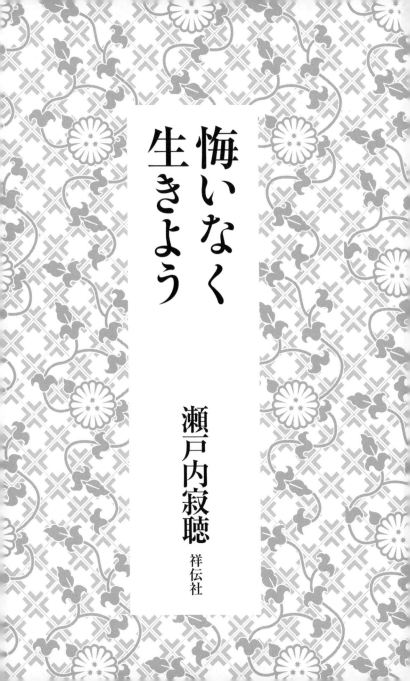

この世に対して、
人生に対して、
愛情に対して、
私は貪欲に
生きてきたと思う

悔いなく生きよう　目次

第一章　子供の頃の記憶、私の人生

第二章　老い、死について

第三章　女という性

第六章　世の中、社会について思うこと

ブックデザイン　鈴木成一デザイン室
組版　キャップス

第一章　子供の頃の記憶、私の人生

捨ててこそ

出家した当座、私に取りついていたことばは「捨ててこそ」であった。捨ててことは、空也《くうや》や一遍《いっぺん》の使ったことばである。仏教について極意を問われた時、空也は「捨ててこそ」と言ったのだそうだ。

出家するには、それまで自分の暮らしにいつの間にか垢《あか》のようにくっついてしまった数々の品や物や、心にかかえこんだ執着の心までも捨てなければならない。出家とは捨てることなりと言っていいのかもしれない。

私は二十七年前、出家に当って、着物や装身具のほとんどを、生き形見と称して知人にわけてしまった。本も整理して、大方徳島市に寄附した。ずいぶん身辺がすっきりして、身も心も軽くなった。

家も売り払って、嵯峨野《さがの》に身ひとつ置ける小さな庵《あん》を結んで、余生をひっそり

第一章
子供の頃の記憶、私の人生

暮らそうと思っていた。

ところが嵯峨野の土地がなかなか手に入らず、当時としては信じられないほど安値だった現在寂庵の土地が造成地として売り出されていて、需《もと》めてしまった。安い代りに千坪でないと売らないというのを、半分ということで買ってしまった。そこに庵を建てたら、びっくりするような大きな建物が建ってしまった。家など建てたことがないので、建築家に任せたら、そんなことになった。恥ずかしいので家をかくすため、庭に一杯木を植えた。二十数年もたつと、木はみんな大木になり、遠くから見ると、森のようになってしまった。大きすぎると泣きわめいた家を、建築家に内緒で、書庫を建てまし、焼きものの窯場《かまば》や、物置まで建てまし、寂庵は人が押し寄せ騒庵となってしまった。

どの部屋にも押入れにも、いつの間にかまた物が一杯たまり、私は恥ずかしくてもう色紙に「捨ててこそ」など書けなくなってしまった。

先日新聞広告で「『捨てる……』技術」という題の本を見つけて、早速買って、新幹線の中で読みかけたら、「捨てる」理由とか、状況ばかり書いてあるので、たちまち眠ってしまった。捨てる技術が知りたいのよ、捨てる哲学や理論なんかいらないの！　私は辰巳渚《たつみなぎさ》という著者に心で文句を言いながら、それでも列車を降りる時、捨てかけた本を、何と思ってかまた紙袋に投げこみ、寂庵まで持ち帰ってしまった。また一冊モノが増えたのである。

足の踏み入れ場もない書斎で、本の山をアクロバットのような特殊技術で机の前にたどり着く。一心不乱に仕事をして、さあ、あの本、残りを読んでやろうと思ったら、さあ、本がない。たしかにここに持って来たと思うのに、本や資料の袋や郵便物の山のどこかにまぎれこんで見当らない。あきらめていたら、整理整頓に天才的な才能を持つ、スタッフの一人が、次の旅の間にちゃんと探し出し、机の真ん中に置いてくれてあった。

今度は後ろから読み出した。

第3章、より気持ちよく〝捨てる〟ための捨て方、「こんなの、どうでもいいの、捨てるため、気持ちよくなんて悠長なこと言ってらんないのよ、うちは」

と、次の目次をさかのぼれば、第2章、さあ捨てよう！　わあ、これこれと、早くもわくわくしてくる。

「第1条見ないで捨てる！」。わっ、おねえちゃん！　よくぞ言ってくれましたと、目が飛びつく。「なかを見ないでそのまま捨てる」。やったア、根が素直な私は、著者の渚嬢？　がたちまち好きになり、彼女の指示通り、身の廻りの物から、スッパ、スッパ捨てはじめた。一時間後に、何と本の上以外に足のおろし場もなかった書斎の畳が青々と見えてきたではないか。それ以来、私は来る日も来る日も情熱的に捨てつづけている。そのうち、寂庵も、ついでに自分も捨てっちまおうと爽快な気分になってきた。

私の厄月

二月は日数が少ないから、何事もてきぱきやらねばならないと考える片端《かたはし》から、あれこれと思いもかけない事件が身辺に起り、あっという間に、もう三月を迎えてしまった。

せっかく、十二月の遅れを一挙に取りもどしたのに、はやくもまた二月号に遅れを招き、すっかり憂鬱《ゆううつ》になっている。

遅れのおわびに、文庫本をさしあげて、想像以上の反響があり、どっと読者の方からお便りをいただいた。

感動して、お便りを拝見したが、皆さん、色々と、御自分のことを書いて下さり、ああ、こういう方が読んで下さったのかと、励みになった。

読者の顔が見えてきたという感じである。およそ営利とは遠い編集で、私としては、この『寂庵だより』は、私のささやかな法施《ほうせ》のつもりであり、行《ぎょう》をさせてもらっているという感じでつづけている。

読者の方々から優しいいたわりをいただいて、気がゆるんだのでも、甘えたのでもなく、二月は、本当にあわただしく、あっという間に過ぎてしまった。

今年は珍しく寒い冬で、大雪が度々あり、梅もなかなか咲かず、寂庵では、三月に入って、ようやく咲きはじめたというありさまであった。

二月というのは、私には前々から厄月で、心のどこかで要心している。

五十二年前、家出したのが二月であった。厳冬の最中に、私は着のみ着のままで、一銭の金も持たずに出てしまった。

追ってきた夫が、オーバーも脱いで行け、財布も置いて行け、それだけの覚悟で出るなら、本当に裸で出ろと言ったので、私は道端で、オーバーを脱ぎ、マフラーを外し、財布を取り出した。畳んだオーバーとマフラーを路上に置き、線路づたいに歩いて出発したのであった。あの日がなかったら、今の私はない。あれが私の今になる種を蒔《ま》いたということになろうか。それでも、すべてが配給でまかなわれる時代に、配給票も持たず、一銭も持たず、家を飛び出したということは、世間的に見れば最悪の事態であっただろう。まあ、私の生涯でも筆頭の厄月であったかもしれない。

最愛の姉が死んだのも二月であった。家を出る原因になった男が、縊死《いし》をしたと伝え聞いたのも二月であった。それからまた、別れた夫が死んだと伝え聞いたのも二月であった。

出家した翌年、クモ膜下出血で死に損なったのも二月であった。

やっぱり二月は私には厄月だ。ここまで書いてきたのは、二月の寂庵だよりの遅れた言いわけである。

とにかく、忙しく、二月は寂庵で半月しか寝ていない。怠けるどころか、いつでも机にしがみつき、旅はすべてのっぴきならない講演であった。

どこかで生活の整理をして、遅れを取り戻します。どうかお見捨てなく御容赦を。

父という男

父は小学校四年生の義務教育しか受けていない。讃岐《さぬき》の引田《ひけた》の近くの生れで、小学校を卒業するとすぐ、徳島の指物《さしもの》職人のところに奉公に出た。

私が物心ついた頃は、自分の店を出し、住みこみの弟子を十余人置いていた。作るものは生活に必要な木製のものは、神棚でも荒神《こうじん》さまのほこらでも、餅つきの臼《うす》でもきねでも、ちりとりでも何でもあった。欄間《らんま》は得意中の得意だったようだ。その彫刻は弟子には出来ず、父ひとりがしていた。

弟子たちは父を親方と呼び、母は姐《あね》さんと呼ばれていた。

親類の保証人になって、私の幼稚園に上る頃、せっかくの店も、やっと自分のものになった家も取られてしまい、弟子たちを離し、別の家に移った。

そこで、小鳥屋をはじめた。小鳥の逃げられない鳥籠を発明し、それが好評で、その縁で、当時はやってきた小鳥屋になった。小鳥のせり市を毎晩のようにして、たちまち、小鳥屋として成功すると、小鳥の番付表の派手なポスターをつくったり、店の看板の九官鳥を大阪に嫁入りさせるなどというイベントを考えつき、新聞にでかでか広告を出し話題を集めた。

自分も黒紋付や仙台平《ひら》の袴《はかま》を注文して、結婚式に臨む支度をしたところ、ある日、突然、九官鳥が「不景気でんな」と喋《しゃべ》りだした。客のすべてが、店に来ると、「不景気でんな」と言っていたのを、覚えたらしい。それで九官鳥の値打はどかっと下り、縁談は破談になってしまった。子供心にも、何だかおかしくて、その時の父のしょげぶりは覚えている。

発明が大好きで、次々、おかしなものを発明しては専売特許を取るのが趣味だった。

私の小学校に上る頃、引越して、また弟子たちを呼びもどし、本業に戻った。指物だけの店から、いつのまにか御真影奉安殿《ごしんえいほうあんでん》を造るようになり、いつ、どこで覚えたのか、製図を引き、青写真を自分でとっていた。

父の御真影奉安殿は、扉に一工夫があって、絶対盗まれないという仕かけがあった。

そのうち、神社や、住宅まで注文されると建てていた。大工仕事で繁昌すると、次は自分の家に漆《うるし》の室《むろ》をつくり、自分で仏壇を塗りはじめた。

漆を扱ううち、漆に柿しぶをまぜた塗料を発明して、また新案特許を取り、それをもって全国の造り酒屋に出かけ、その頃、ほうろうタンクになって、廃物になっていた酒だるを塗って廻った。戦争が進み、ほうろうタンクの製造が出来なくなったので、廃物の木の樽《たる》が活用出来、酒屋は大喜びで、全国から連日山のような注文の葉書が来た。父の塗料は、樽に塗ると、酒の味までよくなるといわれた。というのも、本人が大の酒好きで、常に十本の一升瓶を背後に並べて晩酌しないと、一日が終らないというほどだったからだ。呑《の》んだ分だけ、母がおぎなっておき、常に十本の酒びんがあった。

酒品はいい方で、美味しい酒の肴《さかな》があれば機嫌がよく、ひとりで静かに呑んでいた。

塗料のおかげで全国の名酒を呑めたのが、何より嬉しかったらしい。

そのうち、仏壇屋になって落着いたが、発明病はやまず、最後は発明好きの人が必ず憧れる永久エネルギーの発明に凝っていた。

生涯、職人気質で、職人のプライドを持ちつづけていた。いなせでおしゃれで、粋《いき》な遊びをしていた。

子供の教育は母親まかせで放任主義だったが、いくらいい成績をとっても、ほめてもらったことはなかった。

「一番にもなれない阿呆な子供は産んだ覚えはない」

と言うだけだった。

そのくせ、学芸会などは、

「あんな小さな子供が踊ったり歌ったりするのを、いじらしくて見ていられるか」

と言って、来たことはなかった。

父親に叱られたという記憶はないが、うっかり仕事場の道具をまたぐと、

「女だてらに道具をまたぐな」

という声より早く、曲尺《かねじゃく》が飛んできた。

母と祖父を防空壕で焼死させた時、助け出さなかったということで、人から何かと言われたが弁解は一切しなかった。

その頃、北京《ペキン》に嫁《とつ》いでいて、何も知らなかった私に、母を救い出しに行った時の実状や母の言葉を父が話したのは、母の死から数年後で、父の死の少し前だった。

引揚げた私たち親子を居候させてくれたが、その家は焼跡に、父が姉に手伝わせ、二人で建てた家であった。町内のどこより早くその家が焼跡にぽつんと建っていた。

私が不手際な恋をして夫の家を出た時、はじめて父が京都の私に手紙をくれた。子供は夫が手離さなかった。

「お前は、子供を捨て、人非人《にんぴにん》になったのだ。鬼だ。今更人間らしいことを考えるな、鬼になった以上は、めめしい人情などに引っぱられず、大鬼になれ」

と書いてあった。誤字、あて字だらけの手紙だったが、私ははじめて父に向って泣いた。

小説を書きたいという私の才能など半信半疑だったが、世間の手前、人非人の娘は勘当するという態度をとり、送金など一切してくれなかった。当ての外れた私はあわてたものの、父の筋の通し方に納得していた。

母の死後、酒量がまた多くなり、自分でどぶろくを造り、朝、夕、晩と呑んでいた父は、ある朝、どぶろくのかめに、杓《しゃく》をつっこんだまま、脳溢血《のういっけつ》で倒れた。

意識がもどった第一声は、

「どうせ死ぬなら、もう一杯呑ませてくれ」

という言葉だった。その時は幸い後遺症も残らず持ち直したが、次は結核になった。高血圧と結核の療法は正反対なので、困ったが、発明に凝って、造りかけの耐火煉瓦《たいかれんが》を枕元に並べて、療養していた。

そんな父に、京都の暮しに疲れはてた私が、

「いよいよ上京して、偉い先生に弟子入りして小説の勉強をする。ついては、束脩《そくしゅう》が高いので、その金を送ってくれ、死んでくれるものがあるなら、半分でもい

いから今送ってくれ」

という無心の手紙を出した。私は半分冗談のつもりで、甘えた手紙を書いたのだが、受け取った父は、それを本気にして、

「あの馬鹿娘のために、お前にこれ以上迷惑はかけられない」

と姉に言ったという。姉は父の選んだ父の弟子と結婚し、家をついでくれていた。二人の小さな男の子をかかえ、シベリアに抑留されたままの義兄の留守を、父の看病と、新しく始めた物々交換所の仕事に追われていた。

父はこんぴら灸《きゅう》の出張治療という宣伝ビラを見て、姉にも告げず、自転車で、その灸を受けに出かけていた。

体を早く治し、馬鹿娘に仕送りをしようと考えたのであった。

脳溢血の頭のてっぺんに灸をすえられ、父はその場で危篤《きとく》になった。

京都からかけつけた時、父は汚い木賃宿《きちんやど》の二階でもう死んでいた。そこが、こんぴら灸の出張所だったのだ。

「あんたが殺したのよ」

姉は泣いて、私に言った。最後に父は、

「は、る、み」

と、唇を動かせたと姉がしゃくりあげながら言った。

この頃、私は、自分の酒を呑む仕草が父に似ていることに、ふと、気づく。様々な私の特技の仏像の彫刻や、仏画の道楽にも、父の遺伝をはっきり感じることが出来る。

ほとんど話らしい話をしたこともなかった父が、自分の中で妙に大きな存在感を持ってきた。

あの世に行ったら、どの縁のあった男よりも一番早く、父に逢い、ゆっくり二人で酒を酌《く》み交したいと思っている。

天下一果報な小説家

一九八七（昭和六十二）年五月五日に私は岩手県二戸《にのへ》郡浄法寺《じょうぼうじ》町御山《おやま》、八葉《はちよう》山天台寺に、第七十三世住職として晋山《しんざん》した。出家してもお寺の住職になるつもりなど毛頭なかったし、私の師僧の今東光《こんとうこう》師も、生涯小説家であれとおっしゃった。それが引き受けなければならないはめになったのも、仏縁というより他ないのであろう。

その年、私は六十五歳であった。正確に言えば満六十五歳になる十日前であった。

あれから早くも十五年目がめぐってきた。

私が天台寺へ晋山するというので、当時私と一緒に仕事をしてくれていた編集者たちが申し合わせてバス一台を借り切りにして東京から天台寺まで来てくれた。

当時の天台寺までの道はまだ高速道路も出来ていず、山にさしかかると、道は細い山径《やまみち》で、車は上らない。長い山径をたどり、高い石段を登らないと本堂にたどりつけない。その石段も痛みきっていて歩き難い。

本堂と庫裡《くり》も荒れはてていて、全くのボロ寺である。一体どんなところへ行くのかと編集者たちは心配して見届けてくれたかったのだろう。ところが、待てども待てども一行が着かない。ようやく深夜十一時半頃、疲れ切った一行が、息も絶え絶えに登ってきてくれた。彼等は、天台寺のあまりのみすぼらしさと、遠さに呆《あき》れはてて、何の因果でと私を憐《あわ》れんでくれたのであった。

以来、私は獅子《しし》奮迅《ふんじん》の活躍をして、天台寺を復興させた。ほぼ十年で、天台寺は見ちがえるように変貌した。橋もつけかえ、道も広げ、山には消防道路もつけた。毎月、法話をして、その日は、四、五千人の人たちが参詣してくれるようになった。春、秋の例大祭には一万人の人々が集まる。

十五年目を迎えた今年、私はあのバスで来てくれた編集者たちを天台寺にお招きした。十五年の間には、停年になった人も多く、亡くなった人もあり、病気で来られない人もある。それでも二十数人の人々が集ってくれた。はじめて天台寺へ来たという若い編集者も参加していた。あれ以来の人がほとんどで、みんな天台寺や周辺の急激な変貌に驚嘆してくれた。

夜は近くの温泉で小宴を開いた。編集者をやめていても、酔うとみんな文学青年の面持ちになり、文学論を始めるところが嬉しい。

私は自分が小説家になれたのは、偏《ひとえ》にこうしたやさしい、きびしい、最良の編集者に数多く恵まれ、励まされてきたおかげだと心の底から感謝している。この人たちは、私が出家しようが、荒れ寺の住職になろうが、女子短大の学長になろうが、少しも動ぜず、私を小説家として信じつづけてくれたのである。五月十五日、七十九歳の誕生日を目前にして、私は天下一果報な小説家だと思っている。

ペン一本の半世紀

アフガンへの報復戦争停止と、テロと爆撃の被害者の冥福を祈願するため、八十六時間の断食を行った。丁度十年前、一九九一（平成三）年二月、私は湾岸戦争即時停止を願って断食祈願をしている。六十九歳（数え七十歳）の冬であった。

あれから十年経ち、数え七十歳だった私は、数え八十歳と老いている。十年前は七日間でぶっ倒れたから、今度はせいぜい三日持てばいいだろうと、はじめから三日間と期限を決めていた。

二〇〇一年十月二六日から二八日までだったが、その前日二五日の午后七時から、終った翌日午前九時まで断食したので八十六時間となった。十年前より体調はよく、まだ四、五日出来そうだと思ったが、まわりであんまり止めるので打ち切った。

私は一九七三（昭和四八）年の秋出家して以来、小説家と尼僧の二足の草鞋《わらじ》を履《は》いてきた。早くも二十八年の歳月が流れ去っている。出家をしたのは、もっと小説を書きつづけるため、小説家としての強いバックボーンが欲しいと思ったからであった。しかし出家した私に、出版社も編集者も小説を書かせてくれるかどうかは全くわからなかった。深い逡巡《しゅんじゅん》も迷いもあったが、それを掻き消すだけの不思議な強い力が私の背を前に押し出してくれた。

出家後、二カ月の比叡山《ひえいざん》の行も終えて下山したら、すでに原稿の注文が来ていた。爾来《じらい》、私は出家前のように夜も昼もなくものを書きつづけてきた。

一九五〇（昭和二五）年、二十八歳の時から、私は少女小説で自分の身を養ってきた。大人の小説で食べられるようになったのは、一九五七（昭和三二）年、三十五歳からであった。

ペン一本で食べてきた歳月はまさに半世紀を越えている。いわゆる小説家として書き暮してからでも四十四年が過ぎている。

よくもまあ、こけの一念を貫いて、この道一筋に、書きつづけてきたものだと思う。

この半世紀に亘《わた》る文筆生活で、文学賞というものを貰ったのは、誠に少なかった。書きはじめた、一九五七年一月、「女子大生・曲愛玲《チュイアイリン》」で第三回新潮同人雑誌賞を受賞した。つづいて一九六一（昭和三六）年四月、「田村俊子」で第一回田村俊子賞を受賞した。つづいて一九六三（昭和三八）年四月、「夏の終り」で第二回女流文学賞を受賞した。

文壇に足をかけて六年間が過ぎていたが、「女子大生・曲愛玲」の次に書いた「花芯」でつまずき、以後五年間、文芸雑誌からは干されていたので、この二つの作品でようやく小説家として認められたという意味があり、私にとっては格別の嬉しい受賞であった。

ところが、それ以来、文学賞とは全く縁が切れ、以後三十年間、私には何の賞も見向きもしてくれなかった。その長い歳月、私が文学賞に全く無関心で恬淡《てんたん》としていたかというと、とんでもない。はじめの頃は、自分より若い、自分よりずっと遅く文壇に出た作家たち、中には親しい友人たちが、どしどし受賞するのを見て、口惜《くや》しかったり、あせったり、そねんだり、ひとりでその受賞作にけちをつけたり、苛々《いらいら》し通しであった。どうして、私の作品に目を向けてくれないのかと選者を憎んだりした。ところがある日、ふと、そんな自分の浅間しさに気づくと、ぞっとした。その上、私は出家しているではないか。出家者が、こんな煩悩《ぼんのう》に身を焼くようでは出家者として失格である。そこで私はそれ以後、ふっつりと文学賞などには目もくれないよう私を鍛え直した。何の賞がいつあるか、その賞の選考者が誰であるか、賞金はいくらかなど、一切考えないことにして暮した。万一、今更くれようものなら、潔《いさ》ぎよく辞退の弁を述べてカッコよく断ろうと、風呂に入ってはそのことばを練習したりしていた。

全く、私の頭の中から文学賞への関心が消えて何年経った頃か、全く突如として、谷崎潤一郎賞が舞い込んできた。一九九二（平成四）年のことで、私は七十歳になっていた。賞の報《しら》せは中秋の満月の夜、月を追っかけて、取材でポルトガル、リスボンのホテルの私に届けられた。一遍上人《しょうにん》と現代の男女の情事をからませた「花に問え」という作品だった。考えてみれば僧形《そうぎょう》になって貰うはじめての賞であった。デュラスが七十歳で「ラマン」という作品でゴンクール賞を受賞したことを思い、私も七十歳で貰う賞を素直に喜んだ。せっかく諳《そら》んじていた辞退の弁など、たちまち雲散霧消《うんさんむしょう》してしまっていた。

その年の十二月から私の源氏物語現代語訳全十巻の刊行が始っていた。「花に問え」と並行して書いた「白道」が芸術選奨文部大臣賞を受賞したのはそれから四年後のことであった。一九九六（平成八）年私は七十四歳であった。翌年、平成八年度の文化功労者を受章した。長年の文学活動によって文化に貢献したという理由なので、これも素直に謹《つつ》しんで頂戴した。

源氏物語の刊行が無事終了したら、もう死んでもいいと、心から思っていた。半世紀の間に文縁のあった親しい人たちのほとんどがすでに他界している。早くあちらへ行って、なつかしい人々と会いたいと心から思っていた。

出家以後、私はものを書かせてくれる仏に対して感謝し、その恩に報いるため、仏徒としても、私の力の及ぶかぎりの奉仕はつづけていた。

まさに廃寺に近かった東北の天台寺を身を挺《てい》して復興したのも、二度に亘って戦争反対の断食祈願をしたのも、仏徒としての義務と考えたからであった。仏に対して、自分の文運や受賞など祈ったことはなかった。

報われなさすぎると、内心怨《うら》んでいた私も、今では報われすぎていると思うようになっていた。

その上、源氏の刊行が大成功裡に完了すると、あれほど願っていた個人全集の刊行を、新潮社が企《くわだ》ててくれた。これも、私より若い、私より後から出発した人々の個人全集が次々出るのに、私にはどこも声をかけてくれなかったのであきらめていたのである。

これこそ冥土《めいど》の土産にくれたのだろうと感謝した。嬉しさの余り、解説を自分で書くことにした。

自分の作品をつくづく読み直して、私はまた忘れていた口惜しさを感じはじめた。

どうしてこの作品に○○賞をくれなかったのか、なぜ、この作品に××賞をくれなかったか。

ああ、浅間しいと、私は坊主頭を自分で叩いた。もう結構ではないか、あの時、誰がこう云って反対した、誰がこうけなしたなどという噂話を根に持つなど、恥《はずか》しいではないか。そう思い直し、反省を繰り返していたのであった。

さて、断食後は、元食《もとしょく》に返る時が難しい。この時、人間は文字通り、餓鬼《がき》になってしまう。断食にかけた時間だけをかけて元食に戻るのが、断食成功のコツである。

ようやく元食に戻った日の夕暮であった。まだ酒一滴呑めないし、こってりした料理もだめだ。湯豆腐の鍋を独りでつつき、お粥《かゆ》よりやや堅めの御飯をぼそぼそ食べていた時、電話が鳴った。

「群像」の編集長の籠島《かごしま》さんの落着いた声が聞えた。

「実は……」

ああ正月号のエッセイを忘れるなという電話だと思い、

「ハイ、わかっています」

と言うのと同時に、

「野間賞のことですが……」

と言う。あ、今夜選考会だったのか、誰が貰ったのだろう。私の親しい若い作家が受賞して、お祝いのことばでも言わされるのかな、コンチクショウ！　と思ったとたん、

「瀬戸内さんの『場所』が決ったのですが……お受け下さいますか」

と言う。私は思わず奇声を発したと思う。電話口で飛び上ってしまった。もちろん断る理由などあるわけない。

まさか、こんな凄いプレゼントを年の瀬に向ってもらうなんてと、一瞬頭が空白になった。

「場所」は、はじめ全集の解説のつもりで書きはじめたが、何か手応えがあったので、連作小説にすることにして、一年間「新潮」に連載させてもらった。

昔、そこに生きた場所へ、自分で尋ねて行くという小説で、三十年、四十年前の場所は全く失くなっていたり、新しい町になり変っていたり、また幽霊か幻のように、昔のままにそこにあったりした。

フランスのアニー・エルノーの小説が面白いから読めと山田詠美さんに教えてもらった。読んだらとても面白くて、訳されている本は片っ端から読んだ。その中に両親のことを書いた小説に「場所」という題がついていた。私は小説の題はたいてい書いた後でつけるのだが、今度ばかりは、「場所」という題がくっきりと目の中に浮んできた。アニー・エルノーの「場所」とは全くちがう私の「場所」が書ける幸福な予感があった。

しかし、まさかその小説で野間文芸賞が転り込むとは思っていなかった。私はやや、落着いてから、籠島さんに選者はどなたですかと訊《き》いた。驚いたらしい声で、籠島さんが選者の名を教えてくれた。私はその場で選者の方々に五体投地《ごたいとうち》礼をしたいくらいだった。

まだ受賞式は先のことだが、多くの人々が私以上に喜んで下さっている。遅すぎたといってくれる人もいるが、私は今、もらったのでいっそう有難いのだと思っている。これまでの五十五人の受賞者の誰よりも私が最高齢者である。丹羽文《にわふみ》雄《お》さんと、井上靖《やすし》さんの二度目の受賞が、七十九歳、八十二歳だが、お二人の最初の受賞は、四十代、五十代であった。一昨年の清岡卓行《たかゆき》さんが七十七歳で、私はそれを上廻っている。自慢になる話ではないが、客観的に見れば、ちょっといい話ではないだろうか。長生きはするものである。

万華鏡の不思議

子供の時、一番お気に入りの玩具は万華鏡であった。紙の筒を廻して筒の片方を目に当てれば、一方の鏡面に、信じられないような極彩色の美しい夢の世界が展開する。それは無数の色の破片が寄り集まり、それぞれがぶつかりあいながら、目まぐるしく動いて、捉えがたい光と色の絵を描くのであった。陽や灯に向ければ、その彩りや図形はいっそう輝きを増した。その頃は言葉も知らなかった恍惚《こうこつ》状態に引きこまれ、子供の私は、千変万化《せんぺんばんか》して目まぐるしく変化を繰り返す筒の中の世界に陶酔してしまった。

そのうち、どうしても、筒の中の秘密の仕掛けの正体を見届けたくて、万華鏡をいじくり廻し、果ては、こわしてしまうのであった。こわした筒の中からは、色紙の小さく切ったものや、ガラスやブリキの切れっぱしが出てくるだけで、それをどう扱ってみても、万華鏡の中の魔法の世界を再現することは出来なかった。あんまりこわすので、いくらねだっても万華鏡は買ってもらえなくなった。

それから七十年も経った頃、若い編集者から万華鏡をもらった。私が子供の頃、万華鏡が好きだと書いた随筆を読んでくれたからだった。

その万華鏡は、子供の頃のちゃちゃな紙筒とはちがい、木製のどっしりとしたもので、鏡のはめこまれた筒の先は、指で廻すと、軽々と廻った。目の中に映る色と光の描く世界は玄妙《げんみょう》華麗で、幼い私が好奇心の余り、次々こわしてしまった安っぽいものとは比較にならなかった。

私は、終日、万華鏡を覗《のぞ》いて飽きなかった。

そのうち、またちがう人から万華鏡をもらった。それも前者に負けない精巧な造りで、描く図柄は、優雅で高貴で、華麗の極致であった。

そのうち、自分でも万華鏡を見つけ次第、買ってきて、いつの間にか、様々な型のものがコレクションされてきた。特に最近は、どうやらブームが来ているらしく、デパートや文具店でよく見かけるようになった。アメリカ製、イタリア製、ドイツ製など様々で、素材も形もまた、金属や木や、プラスチックと様々で、千差万別である。色も鮮烈なサイケ調や、パステル調や、それぞれに個性がある。どの品も共通なのは、目の中に覗く世界が、一瞬にがらりと変わり、同じ姿を見せないということであった。

私はこわしたい衝動に辛《かろ》うじて耐え、それらをとっかえ、ひっかえ覗きつづける。

ずっとこのカットを描いてくれた横尾忠則さんに、お礼のつもりで、万華鏡を二本送った。横尾さんから電話があり、「面白くて、一日中持ち歩いて覗いている。二本を一遍に両方の目に当てて覗くと面白いよ。そのままテレビを見てごらん。すてきに面白いから」と言う。

私はまだ横尾さん直伝の覗きスタイルは、とっていない。目が廻ってぶっ倒れるにちがいないから。そのうち新しい本の装幀に万華鏡のイメージを描いてもらおう。

ふるさと

私の生まれ故郷は徳島県徳島市である。四国八十八カ所巡礼の発心《ほっしん》の国で、徳島県には第一番札所《ふだしょ》から第二十三番までの札所がある。

子供の頃の私は、春は巡礼の鈴の音が運んでくるものと思い込んでいた。今でも毎年巡礼に行くのが楽しい。

徳島市はまた阿波踊りで有名な町である。子守の背の上で、あの浮きたつような、ぞめき囃子《ばやし》を聞いて育った私は、八十近い今でもあの三味線の音を聞くと、全身がむずむずして踊り出したくなってしまう。徳島で寂聴塾を開いていた頃、塾生といっしょに寂聴連という踊りの連を作り、提灯《ちょうちん》も、揃いの浴衣《ゆかた》もつくって、毎年帰って盆踊りに参加していた。

また徳島は昔から阿波藍《あい》の産地で名高い。私の作務衣《さむえ》の多くは阿波藍である。

生れて十八の年まで、徳島を離れたことなく育った私は、ふるさとの自然のすべてがなつかしいが、私の記憶のふるさとの町は、終戦の年の七月三日の空襲で焼かれてしまい、母と祖父が、その空襲で焼け死んでしまった。

私はその時、北京に嫁いでいたが、終戦の翌年の夏、二歳の子供をつれ、親子三人、着のみ着のままで引揚げてきた。焦土になったふるさとの町で、私はおろかな恋をして、そのため、ふるさとの町から石もて追われるような旅に出た。父は私を世間の手前、勘当し、「陽のあるうちは出入りしてくれるな」と申し渡した。ふるさとでの私はそれ以来、噂の女であり、不貞の妻であり、子を捨てた人非人であった。

それから五十二年の歳月が流れ去った。

今年、そんな私に、徳島市から名誉市民の栄誉を贈られた。市政一〇一年の式典に、私の名誉市民授与式も行われ、私は帰郷した。

一〇一年間に名誉市民はまだ三人で、私は四人目であった。故郷の学校の友だちや知人が、わがことのように喜んでくれて恐縮した。

私は何かが思いがけない喜びごとがある毎《ごと》、私の活字になったものを全く目にせずに死んだ両親や、私の出家を誰よりも喜んでくれながら剃髪《ていはつ》する私の横で声を放って泣いていた姉がいたら、と思わないことはない。父は母より数年後に病死し、姉もまた十七年前に直腸ガンで死亡している。

数年前には、徳島文化功労賞をもらっている。京都でも、京都市文化功労賞、京都市特別功労賞を受賞しているし、今年春は、岩手県県勢功労賞というのもいただいている。しかし私にとって、生れ故郷の徳島で名誉市民にしてもらったということは、浄法寺町名誉町民とされた時よりも、はるかに感慨深いものがあった。

二〇〇二年には、ふるさとに文学館が建ち、私の持ちもののほとんどが、そこに収められることにもなっている。

「ふるさとは遠きにありて思うもの」と思い込んでいた私が、今はこういう句をつぶやいていたのであった。

幾山河流離の涯《はて》にふるさとの
風はやさしくわれをつつめり

本の命

現在は出版界の危機だといわれている。本屋もスーパーなどに移り、店に駐車場がないと客が立ち寄らないのだそうだ。町の旧《ふる》くからある本屋は、立ちゆかなくなって、ずいぶん廃業しているらしい。

書店には毎日新しい雑誌があふれ、新刊本も山積みになっている。しかし、本当に読みたい本は、なかなか手に入らず、地方の本屋にはろくに配本もされないという。注文して一カ月も二カ月もすぎて本が本屋に届くのでは、読みたい情熱も消えてしまっている。本が売れなくなった理由の大きな原因に、流通機構が悪いことが数えられるだろう。

毎日洪水のように新刊本が出版されながら、本が売れなくなったと、出版界は青息吐息である。背に腹は代えられないと、堅い本を出すことで格式を誇っていたような大老舗《しにせ》の出版社でも、今、すぐ売れる作家を追い廻し、今すぐベストセラーのうま味を得ようとして、安直な本造りをする。

ところが、案外読者というものは賢明で、出版社が狙った本は期待したほど売れなくて、全く思いもかけない本が大ベストセラーになったりする。出版は水ものだと言われる所以《ゆえん》であろう。

しかしベストセラー必ず後に遺《のこ》る良書かというとそうでもない。流行作家と言われた人でも死ねば三年も人気は持続しないのが普通である。自殺か心中でもしない限り、小説家などすぐ忘れられてしまう。

明治の皮肉な批評家斎藤緑雨《りょくう》が「箸は二本、筆は一本」といって、作家はとうてい書いては食べていけないない職業だと言った。でもその頃の出版社は、貧乏な作家の中に才能を認めたら、生活費を貸し、原稿料の前借も許し、書くことに専念させた。今、たちまちその作品で儲《もう》けられなくても、気長に才能の熟すのを待ち、作品を持ちこたえて、会社の財産とした。投資した中の何人かがやがて立派な作家に育てば、もとは取れたのである。

しかし、今のせち辛《がら》い世の中では、出版社もそんな鷹揚《おうよう》なことは言っていられない。自転車操業で安直に本を作らなければつぶれてしまう。

そういう悪循環で、出版界はますます追いつめられ、作家もおちおち書いていられない。

良書は駆逐され、悪書がのさばる。そんな嘆かわしい出版界で、出版界の良心の代表のような梓《あずさ》会が、第十六回梓会出版文化賞を出した。選ばれたのは明石書店で、特別賞は法蔵館《ほうぞうかん》であった。明石書店は差別と人権を出版方針とした所で、その方面の良書を次々出版している。

法蔵館は四百年もつづいた京都の仏教専門の書舗で、丁字屋《ちょうじ》という江戸時代からの店が、法蔵館になってからも、今年で一五〇周年を迎えている。社長の西村七兵衛氏は、誠実で律儀な信頼出来る人柄で、私はかねて尊敬してきた。混迷しきった今だからこそ、こういう真面目で地道な出版社が顕彰されたことに、深い喜びを感じる。

おわら風の盆

富山の風の盆が見どころがあるとかねて聞いていたけれど、行く機会がなかった。

ところが昨年、富山に講演に出かけた時、立派な料亭の座敷へ、風の盆のおわら節《ぶし》の名人たちと、選《よ》りすぐりの踊り手たちを呼んでくれた。

三味線と、胡弓《こきゅう》と、歌で構成されているおわら節は、何ともいえない哀調がただよい、なかなか胸に迫るものがあった。

そこへ突然、（というように私は感じた。たぶん、歌や三味線や胡弓に心を奪われていたからであろう）全く静かに、それこそ微風が吹きこむように座敷に踊りこんできた編み笠姿の娘たちにびっくりさせられた。揃いの着物に黒の帯をしめ、娘たちの顔はかくされ、細い襟足《えりあし》が笠からのぞき、首すじに巻きあげた黒髪のほつれ毛が何ともいじらしい。

娘たちのきゃしゃな手は、やさしく動いて体の動きは物静かだが、腰や脚の運びが、可憐でなまめかしい。

うっとり見惚《みほ》れていると、今度は紺のはっぴ姿の若い衆が踊りこんできた。みんな今時の青年で脚が長く、きりっとしまって見るからにスマートである。紺のはっぴの下は、長い脚にぴったり吸いついたパッチを穿《は》いている。その姿がいなせで粋でセクシーなのである。

青年たちは茶パツの人もいて、それがはっぴスタイルに何の違和感もない。

娘たちのなよなよした動きとはちがい男踊りは、まるで真剣を使っているように緊張感のある直線的な動きであった。正直に言って、男踊りの方がはるかに魅力的であった。

その踊りは、たしかに静かな三味線や、むせぶような胡弓や、
富山あたりかあの灯火は
飛んでゆきたや

オワラ灯とり虫
八尾《やお》坂道わかれて来れば
霧か時雨か
オワラはらはらと

というような、高い声の、繊細な節廻《ふしまわ》しの歌に、その直線的な、ダイナミックな男踊りがなぜかぴったり合うのだった。私のふるさとの阿波おどりとは全く対照的なその優雅で哀切な歌と踊りに私はすっかり魅せられてしまった。

そして今年、去年の同行者がいつの間にか設営してくれて、私は富山の風の盆の本場の八尾の町へ招かれて行ってきた。三日つづきの踊りの初日で、もう秋風が吹いてもいいのに、その暑さは最高であった。

八尾は坂道が多く、坂道は石垣で固められていて、道も石敷きなので、トスカーナの中世の町の石の坂道を思い出した。今はすっかり観光のPRがゆき渡っていて、年々歳々観光客が増えつづけているという。

八尾に入った時はまだ夕陽が残り明るかったが、もう道という道は観光客であふれ、前後左右は人で埋められている。

道ばたで、すでに踊っているところもあるが、そんなところは人の山で、覗くことも出来ない。人込みの中でも私の法衣《ほうえ》姿と坊主頭は目立つので、たちまち、まわりから、キャーッという声と共に手がのびてくる。

「寂聴さんよ、寂聴さんが来てる……」

ひとりが叫ぶと、まわりにどっとその声が伝染して、私は、四方八方から、触られまくり、袖もひっぱられ、無理矢理、手を握られ、しまいには頭を撫《な》でられ、どうしようもなくなった。ほうほうの態《てい》で、待っていてくれた「風の盆」という銘酒の造り酒屋のお宅へ逃げこんでほっとした。どっしりとした昔のままの旧家の二階の手すりに陣どって一晩じゅう、道を行く踊りと人の洪水を見物した。

三日目に行ったという祇園の女将《おかみ》は、

「へえ、先生もおいでやしたの？　あれは最後の日の夜明け方が一番よろしおすえ、へえ、今年もたんと踊らせてもらいました。あの哀愁が何とも云えませんなあ」

という。見にいって見られてしまった私はただ残念である。

美しい日本の乏しい危機感

京都の秋は美しい。殊《こと》にも嵯峨野の秋こそ美しい。昔の嵯峨野を愛した人たちは、今の嵯峨野は、新しい家が建てこみ、竹藪《やぶ》が消え、すっかり変ったと嘆く。それでも私は、日本国中で嵯峨ほど、美しい所はないと思っている。だからこそ、これ以上新しい家など建ってほしくないと思う。

しかし、これはずいぶん勝手な言い分で、私もまた、二十八年前に、嵯峨野に割りこんできて、家も建ててしまった闖入《ちんにゅう》者である。

私がここに寂庵を建てた時は、千坪の土地が不動産業者によって造成され、木も草もなかった。

業者は、千坪全部でなければ売らないといい、すったもんだの末半分を銀行に借金して買うことになった。その頃は銀行は気前がよく、いっそ千坪全部買えとしきりにすすめてくれた。全額貸してやるという、しかし私の五十一歳の時だから、死ぬまでに払うには百まで生きねばならないと恐れをなし、半分にした。その時はあんまり安くて、水が出ないのではないか、幽霊が出るのではないかなど心配してくれる人もいた。隣が墓地なので気味が悪いという人もいた。

私が泣く泣く借金して五百坪買った後、そのまわりの土地はとたんに急騰《きゆうとう》した。借金はどうやら死ぬ前にきれいに払い、私はむきだしの赤土だった土地に樹を植えつづけ、今では小さな森のようになった。

まわりにはその後も家が建ちつづけ、藪も畠《はたけ》もあれよあれよという間に消えさっていった。

たしかに昔の嵯峨野を思えば、全く様変わりした。それでも、小倉山も曼陀羅山も、嵐山も亀山も昔のままにあり、川も池も王朝の場所にたたえられ、流れている。

戦場になっても爆撃を受けたことのない風景は、悠然と自然の美を保ちつづけている。

昔も戦いのある場合、庶民は身ひとつで住居を捨て逃げ惑い、わずかな貯えも、つつましい一家団欒《だんらん》の平和も奪われ、命さえも奪われた。

一人一人が名乗りをあげ、刀や槍《やり》を振り廻す昔の戦争は悠長であり、最後はどうと馬から落ち組んずほぐれつして殺し合うなど、のんびりしていたが、今の戦争は一挙に大量虐殺だから残酷悲惨を極める。

まだ止《や》まないアメリカのアフガン大空爆のニューステレビを見る度、もう止めてほしいと、たまらない気持ちになる。誤爆で庶民を殺したと、けろりと言うだけで、すまされる問題だろうか。

その上、今度はテロ組織が生物兵器で反撃に出はじめた。アメリカの炭疽《たんそ》菌はいよいよバイオテロの始まりだと私たちは恐怖におののいている。ノーベル賞作家川端康成氏が「美しい日本」と自慢した日本の自然も人も、今や風前の灯だというのは言い過ぎだろうか。それにしては危機感オンチの日本人の楽天性はどこまで底抜けなのだろうか。

第二章　老い、死について

尊厳死について

人間の生まれる時は、自分の意志と関わりがなく、生まれる時も場所も、両親を選ぶことも出来ない。生まれてしまえば、いつ自分がどこで、何で死ぬのかはわからない。どこから来て、どこへ行くのかも知らされない。

生涯の間に、天災、戦災、人災、病災などに、いつ襲われて死ぬかわからない。これらの死は、ある日、突然、予告もなく襲来してくるから、防ぐすべもない。

ただ病災だけは、防ぐことが出来る場合もあるし、延命の方法もある。人は自分が病気で死ぬかもしれぬと感じた時、あるいは愛する者が死病を患《わずら》った時はじめて命の有り難さに気づき、襲いくる死魔を防ぎたいと思う。

最近の日本のように人間の平均寿命が長くなれば、おめでたい一方、寝たきりでも医学の進歩で生きつづけられるようになったが、必ずしも長命が人の幸福につながらなくなってきた。自分で自分の身の始末が不可能になり、介護を必要としながら生き長らえるのは辛《つら》い。それを感じる意識がなくなっても、医学の力で延命させるのが、現在の医療の方針だが、その負担はすべて介護者の肩にかかってくる。今では病人もさることながら、むしろ介護者のケアの必要性が問題視されてきた。

仏法は往生を大切にする。如何に死ぬかということが修行の究極の目的にある。死ぬことを往生というのは、仏教では来世を信じ、この世で死ぬことは、あの世に生まれ直すことと分別しているのである。本当に悟りを得た僧侶なら、往生することは、むしろ喜びである筈《はず》だけれども、そうもいかないのが人間の浅ましさである。まして在家の人々が死を恐れ、死を嘆くのは当然である。

そこで考えつかれたのが尊厳死である。人は最後まで、人間としての誇りを抱いたまま美しく死んで行きたいと思う。死に臨んで、いたずらに延命策を施し、ただ息をしている状態だけでいるのは自分のプライドが許さないと考える人間も多くなっている。

私は家出をし、かつまた出家しているので、死ぬ時は誰の世話にもなれた義理ではない。もちろん病気になれば、肉親よりも長年私の面倒を見てくれているスタッフたちが病院に運んでくれ、身内に報《しら》せもするであろう。

その時、病名の告知を彼等がはばかり、迷うことがあってはならないので、私は小説家で出家者だから、必ず私自身に迷わず告知するように言い置いてある。同時に、私は尊厳死協会に入っているから、死病の時にはそのリビング・ウィル（生前の意思表示）の書類を医者に見せるようにと、入会カードと書類の有り場所を、まわりの者に報せてある。

私が尊厳死協会に入会したのは一九九一年六月で、私の登録番号は２０２１８であった。今では、会員は九五、二九九人になっているという。今年は協会の設立二十五年目に当たるそうだ。会員は意識のしっかりした状態で書いた遺書（尊厳死の宣言書）に署名捺印《なついん》して協会に一通と自分で一通持っている。

1、延命措置は一切ことわる。

2、ただし病気の苦痛を和らげる処置は最大限にしてほしい。その副作用で死んでもかまわない。

3、数カ月以上植物状態に陥った時は、一切の生命維持措置をとりやめてほしい。

という要点である。日本ではまだ法制化されていないが、二〇〇〇年には九六%の医師が「リビング・ウィル」を受容したと報告されているし、日本医師会も、日本学術会議も、尊厳死を積極的に認めると公表している。

年間一人三千円、夫婦なら四千円の会費で入会出来る。

自分の身の始末に、それくらいの処置をしておいた方が、家族にも迷惑がかからないのではないだろうか。ただし、肉親で愛情深い人々の中には、こういうことに抵抗を示す人もまだ少なくないと聞く。それはその人たちが、やがて来る自分の老いの果ての死を真剣に考えてみた時、自《おの》ずから答えが出てくるのではないだろうか。

今朝、私の親しい知人から手紙をもらった。その人の夫人は、実父のアルツハイマーの長年の介護で疲れ切り、六〇過ぎの若さで亡くなった。病人は九七歳で、病気になって十数年になる。誰よりも溺愛《できあい》していた娘の死に顔も認識出来なくなっていた。今も胃に穴をあけて栄養分を流し込む処置を受けつづけている。

まだ娘の生存中のある日、たまたま病室で二人きりになった婿《むこ》に向かって、突然病人が、

「人間死ぬのは難しいですね。どうしたら死ねるのか教えて下さい」

と言ったそうだ。娘の顔もわからなくなっていた病人は、婿を医者だとでも思ったのか。こんなになっても、心の底では生死の問題をこれほど思いつめているのかと、訊《き》かれた人は強いショックを受けたという。舅《しゅうと》がある時から食事をとらなくなったのは、断食死を望んでいたのかもしれないと考えたとか。

現代医学は魂のことは一切抜きにして、肉体だけの延命を考えているのではないだろうか。

私は、その病人の壮年、初老の時代の威厳に満ちた颯爽《さっそう》とした風貌や、華やかな仕事ぶりを思い浮かべ、思わず手紙の上に涙をこぼしていた。

死を思い描く時

今年に入って半年の間に、友人知人が次々亡くなってすでに五指に余っている。数え八十歳も生きれば、まわりの人々が先だってしまって取り残されるのも当然であろう。

法話の度に「無常」を説き、私たちは何時、どんな死を迎えるかわからないと話しているが、何千人といる聴衆の誰ひとり、今夜自分が死ぬかもしれないなどとは思っていない。今夜のニュースに、寂聴死が報じられるかもしれないと言うと、みんな冗談だと思ってゲラゲラ笑っている。

しかし私はいつでも、本気でそう思っているのである。蔵書を、来秋出来る徳島の文学館へどしどし送っているのも、死の準備のひとつで、嵯峨の寂庵を、将来「寂聴源氏物語館」として用意しておこうと、源氏物語に関する資料を整理しているのも、庭を源氏物語の植物で埋めようと、少しずつ草木の植えかえをしているのも、その支度《したく》である。

身の周りの品も、生きているうちに人に分けておきたいと心づもりしている。死んだ時、着る白衣や足袋《たび》などは、用意のいい三十年もいっしょにいるスタッフの一人が、知らない間に支度してくれてある。

「白は色が変るわよ」

と言えば、

「毎年、新しいものに替えてあります」

とすましている。どこで死ぬかわからないが、遺体を寂庵へ運んで帰れば、私は用意の新しい下着や白衣を着せられると思うと、実に安心である。

先日、谷崎潤一郎さんをしのぶ会の残月祭というのに招かれ講演した。これは谷崎さんの晩年の話題作『瘋癲《ふうてん》老人日記』の颯子《さっこ》のモデルになった渡邊千萬子《わたなべちまこ》さんが、毎年主催しているもので、今年で十五回になるから打あげにしたいといい、最後の会の講師として招かれたのだった。そのため、谷崎さんの晩年のことを読み直してみたら、谷崎さんは昭和四十年七月三十日、満八十歳になってすぐ亡くなっており、現在の私の歳（七十九）には、私も住んでいた目白台アパートの仮住居から、湯河原に新築された御宅へ移られている。それから、わずか一年後に亡くなられている。亡くなるまで、口述筆記で、『続雪後庵夜話《せつごあんやわ》』や『七十九歳の春』、『にくまれ口』を書きつづけられていた。その執筆に対する執念は恐ろしいほどだが、谷崎さんは、晩年、死をたいそう恐れていた。終焉《しゅうえん》の前日も、「このまま寝かせて置いては僕は死んじまうよ」と喚《わめ》き、一気に起き直ったり、無理に寝かせると、幼児のように双手《もろて》をさしのべ、「起《おこ》して、起して」と、振りしぼるような声で言ったと、松子夫人が書かれている。老年になると、自分の死について、様々な空想をめぐらすようになるが、誰が果して自分の欲するような終焉を迎えるかは知れたものではない。だからこそ、仏教では死の瞬間の安心をひたすら需《もと》めるのであろう。

わたしの幸福の今

「幸福な家庭はすべて互いに似かよったものであり、不幸な家庭はどこもその不幸のおもむきが異なっているものである」（木村浩訳）

という有名な『アンナ・カレーニナ』の冒頭の文章がまず浮んでくる。果してそうであろうか。

幸福とは、人それぞれに幸福に対する概念の差があって、一つとして同じものがないように思われる。衣、食、住のすべてが満されることを幸福と思う人もあれば、富も地位も何も要《い》らない、この恋さえ貫ければ、心中しても幸福という人もいる。子供に恵まれないと嘆く親もあれば、子供の暴力に脅《おび》え、子を持ったことを不幸と嘆く親もある。

健康を誇っても、頭の中が空っぽなら虚しい人生を送らねばならないし、五体不満足に生まれても、それを不便とは思っても不幸とは思わないと言い切る若者もいる。

八十歳まで生きて、私自身は思いがけない幸福感に恵まれているのを不思議な感じでふりかえる。

母は五十歳でアメリカの空爆で死に、父はその後を追うように、六十未満で病死した。

たった一人の姉もガンで六十四歳で死亡した。

四人家族の中で、私一人が長命を保っているのを嬉しいと思ったことはなかったが、私は五十一歳で出家して以来、生きている自分の姿は仮の姿だと観じているので、あまり、幸、不幸を身にしみて感じていない。出家とは生きながら死ぬことと思っているからである。

それなのにまだ、ものを書く煩悩《ぼんのう》だけが捨て切れず、得た文学賞も人より少く、五十年もただ書きに書いて十万枚も書き通した執念とは何に支えられていたのだろう。

天才や文豪のみが成し得た源氏物語の現代語訳に挑戦し、前代未聞の源氏ブームを捲《ま》き起したのは、私だと、揚言《ようげん》出来る自信は一体誰からいただいたものであろう。

もう、それで死んでもいいと思ったのに、二十冊の個人全集が生きているうちに日の目を見て、月々、私の前へ並んで行く。この世のしがらみや炉辺の幸せというものを我からすべて捨てきって、アウトローの道をあえて選んできた私の命綱《いのちづな》は文学だけであった。

出家もまた文学の完成のためにあえてした。

今、私は、一分後頓死しても悔いはない。これを無上の幸福といわずに何と言おうか。

介護者のケアを叫びつづけて

本田桂子《けいこ》さんが四月十五日、亡くなった。その報せを受けた時、聞きまちがいではないかと耳を疑った。旅先の私に寂庵から電話が入り、

「丹羽先生のお嬢さまの桂子さまが亡くなられました」

と伝えられたのだが、「丹羽先生のお嬢さまの」までを聞いた時点で、私は、あ、とうとう丹羽先生が亡くなられたのかと早合点してしまったのであった。

丹羽文雄先生がアルツハイマーになられてから十五年余の歳月が流れている。丹羽文雄という華やかで明るい超流行作家の文壇の大御所が、そんな病気にかかるなど、誰に想像出来ただろう。桂子さんは丹羽先生の長女として生まれ、弟さんが生まれたが、父親の愛を独占して可愛がられて育っている。物心ついて以来、桂子さんの目に映った父親像は、文壇きってのハンサムであり、常に花形作家と

して人気の頂点に坐《すわ》りつづけ、自費を惜しげもなく投げ出して、新人養成のため同人雑誌「文学者」を出しつづけ、多くの弟子や崇拝者に囲まれ、あがめられている光り輝く存在であった。

桂子さんは父親を理想の男性として育ったため、父親以上の男性にめぐりあえないのではないかと不安があったと、後年語っていた。

それでも幸運の女神は桂子さんを溺愛して、理想の男性にめぐりあわせてくれた。その人が夫君となった本田隆男《たかお》さんであった。本田家に嫁《とつ》いでからも、桂子さんは屢々《しばしば》丹羽家を訪れていた。夫君の仕事の都合で外国暮らしが多くなっても、帰国すると、まっ先に三鷹の丹羽家を見舞っていた。

桂子さんは美貌の御両親の血を受けて、華やかで美しく明るい女性だった。社交的でもあり、誰にでもやさしく、誰からも好かれた。一男一女の母となり、夫の愛と慈しみを一身に受け、これ以上幸運の人がいるかと人を羨《うらや》ましがらせていた。

ところが丹羽先生が、予想もしなかった病に冒《おか》され、それに誰よりも早く気づいたのが桂子さんだった。その日から桂子さんの苦悩の日々が始まった。長い間、丹羽先生の病気は世間にも、弟子たちの間にさえ極秘にされていた。

そのうち、賢夫人として名の高かった丹羽夫人まで脳梗塞《こうそく》で倒れ、身体の自由がきかなくなった。桂子さんは理解のある夫君に励まされ、婚家の許しを得て、始終、御両親の介護に当たっていた。夫人はやがて病院に預けたが、先生は自宅で三人の介護人をやとって看病と世話を頼んでいた。もちろん、三人の介護者は、すべてを桂子さんに指示を仰ぎ、相談する。

桂子さんの心労は一通りではなかった。実情を世間にかくしている苦労だけでも並大抵ではなかった。

気がついたら桂子さんはキッチンドリンカーになっていた。そうでもしないと神経が保てないほどの心労が重なっていたのだ。桂子さんの症状に気づいた本田氏は、そのアルコール中毒を治すため、自分も一緒に病院に入って、妻の治療に専念した。

中毒症状を克服した頃であっただろうか、ある日、桂子さん御夫妻とアメリカに留学中のお嬢さんの三人で、突然、寂庵に立ち寄られた。桂子さん以外は私には初対面だったが、まるで旧知のようななつかしい感じがした。桂子さんはすっきりした洋装で、大きなふちのついた派手な帽子をかぶっていた。外国人のように背が高く、スタイルのいい桂子さんの洋装は垢《あか》ぬけていて、女優さんやモデルさんよりずっと華やかで、上品だった。三人の家族のみんなが、日本人離れしたスマートさと豊かさを全身から匂《にお》わせていた。

その日、はじめて、桂子さんから介護の苦労をつぶさに聞かされた。本田氏が、桂子さんの言葉をおぎなった。

「あんまり可哀そうなので、今日は慰労してあげようと思って、無理に京都に遊びにつれだしたのです」

桂子さんは少女のようにはにかんだ微笑を浮かべてうなずいていた。

私はその日、もう丹羽先生の御病気をかくさずカミングアウトすることを強くすすめ、桂子さんに、これまでの介護の苦労をすべて書いてしまうようにと煽動《せんどう》した。そうすることで、桂子さんが心身ともに解放されると信じたからであった。

その日はびっくりした表情で、帰ってからも何カ月かためらい迷われたが、本田さんのすすめもあって、桂子さんは書くことに踏み切られた。『父・丹羽文雄介護の日々』は中央公論新社から出版され、圧倒的好評に迎えられ、版を重ねた。

世間には、桂子さんのように肉親や婚家の両親たちの介護で苦労している人々が実に多かったのだ。折から介護問題が、社会的問題にもなっていた。桂子さんの本は、時勢に適《かな》い、同じ苦労をしている人々に多くの慰めと勇気を与える結果になった。母親ゆずりの才能で、料理研究家という肩書もあったが、著書の出版は、桂子さんの父親ゆずりの文章を書く才能を引き出したのであった。たちまち全国から、講演の依頼が殺到した。テレビに出る機会も増えた。

桂子さんは突然の身辺の変化に驚いていたが、今、必要なのは、病人のケア以上に、介護者のケアであるという、体験から生まれた考えを、世間に訴えつづけて、そのことの大切さを、聴衆の反応から、更に感じ取っていった。

介護の苦労が個人的なものではなく、社会的な問題としてとらえられてから、桂子さんの生甲斐《いきがい》が拡《ひろ》がった。

その間にも、丹羽先生の病状はひどくなる一方で、今では、桂子さんが娘であることさえわからない。「何を話しかけても、答えの返ってこないのが、たまらなく悲しいし、とても疲れる」という悲痛な嘆きを聞くようになった。

桂子さんの死は余りにも突然に感じられたが、結局は介護の戦士としての尊い戦死であったのだろう。丹羽先生御自身は九十六歳の今、桂子さんの訃報《ふほう》すら理解出来ていらっしゃらない。逆縁の悲痛をお感じにならないのが、せめてもの救いであろうか。

「介護者のケアを」と叫ぶ桂子さんの声が、いっそうの切実さで聞こえてくるような気がする。

老いの恥らい

しわがよるほくろがでける腰曲がる
　頭がはげるひげが白くなる
手は振るう足はよろつく歯は抜ける
　耳は聞えず目はうとくなる
身に添うは頭巾《ずきん》襟巻《えりまき》杖《つえ》目鏡《めがね》
　たんぽおんじゃくしゅびん孫の手
聞きたがる死にとむながる淋がる
　心は曲がる欲深くなる
くどくなる気短かになる愚痴になる
　出しゃばりたがる世話やきたがる

又しても同じ話に子を誉める
　達者自慢に人はいやがる

江戸の仙厓義梵《せんがいぎぼん》の「老人六歌仙」の画讃で、マンガチックなこの絵は、東京の出光《いでみつ》美術館にある。仙厓は数え八十九歳まで生きていたから、この作は八十過ぎてのものだろうか。

たんぽは湯たんぽ、おんじゃくは温石。しゅびんは尿瓶《しびん》である。肉体の老いもさることながら、後段の精神の老いは笑ってもいられない。私はこのあとに「無恥厚顔に、鈍る感性」と、加えたい。年をとって何より浅間しいのは、日々、感性が涸《か》れ、鈍磨《どんま》していくことである。

このざれ歌をお経と一緒に毎朝称《とな》えて自戒にしようかと思っていたところへ、全く思いがけない珍しい体験が舞いこんできた。

去る十月六日、故郷の徳島の市役所で私の肖像画の除幕式があるから、本人が出頭し、市長と幕を引けというお達しである。

市役所のロビーの壁の上方に、すでに三人の肖像画が並んでいる。人類学者の鳥居龍蔵《とりいりゅうぞう》氏、実業家の原安三郎《やすさぶろう》氏、地唄舞の武原《たけはら》はん女。三人とも名誉市民の称号を贈られている。

そこへ四人目に名誉市民になった新米の私の肖像画が並ぶというわけである。

何カ月か前、その話は聞いていたが、一瞬、国技館の横綱のばかでかい肖像画を連想して、私は青くなった。しかし、ロビーの絵は、F10号で小さいのでほっとした。

その後、忙しさにまぎれて、そのことはすっかり忘れていたのだ。

画を描いてくださった谷川泰宏《たにがわやすひろ》さんも同郷出身で、まだ四十四歳の鬼才である。宮尾登美子《みやおとみこ》さんのクレオパトラの美しいあでやかなさし絵は印象的であった。谷川さんは私の写真と小説で描きあげて下さった。普通肖像画はヘアスタイルと着物の柄などが決め手になるのだが、

「瀬戸内さんはどうも……」

と、笑っていた。さて、いよいよ幕のかげから現れた私の絵は、恥《はず》かしくて、ま

ともに見られなかった。何より気懸《きがか》りだったのは、隣の武原さんという天下の美女に、見劣りがして当然だけれど、やっぱりあんまり落差がひどすぎるのは辛いではないか。出席者の拍手を背に、やっと横目で見上げたら、やさしい表情の明るい絵であった。正直言って、おはんさんより見映《みば》えがしていた。ひとえに画家のやさしい愛情の賜《たまもの》であろう。

私は身も世もなく照れまくり、恥しくてへどもどして挨拶していた。まだ恥らう神経がこれほど残っていた自分の老いに、はじめて安堵《あんど》した。

老いの戒め

百歳以上の高齢者が、昨年二十世紀の最後の年には、国内で一万三千人に達したそうだ。

日本は今や世界最高の長寿国になっている。

きんさん、ぎんさんの例を見ても、百歳を超えても、頭がはっきりして、愉しく生きようと前向きな老人も多くなっているようだ。

人生五十年などといわれていた時代は、もう遠い昔の話で、今では五十代の女性は女盛りを謳歌《おうか》している。

最近、私と同年の女友だちが、有料老人ホームに入った。数え年八十歳で、昨年二度、ケガや病気で入院したので、急に心細くなり、病院つきのそのホームに入居を決意したのだった。

入って同居者たちに挨拶する時、わざと、

「八十歳です」

と、数え年で言ったら、居並ぶ人々から、

「まあ、お若い」

という声がかえってきて驚いたという。そこの入居者の多くは九十歳を超えた人が珍しくなかったというのである。

設備もよく、食事もよく、病院は地つづきで申し分ないのだが、まわりが老人たちばかりの新生活になじめず、自分が急速に年を取りそうで心細いと訴えてきた。3LDKのマンションで独り住まいの前の生活がなつかしく、早まった気がすると後悔してきた。

そういえば、以前、作家の城夏子《じょうなつこ》さんが、まだ六十代の時にさっさと独り暮らしの砂糖菓子のようなしゃれた家を畳み、千葉県流山《ながれやま》の老人ホームに入ったことがある。城さんは日常生活の中に何でも愉しいことを発見し、愉しく考える性格だったので、このホームの生活を最大限に愉しみ、そこでそれまでよりもずっと旺盛に随筆を書きつづけ、「老いも愉し」と言い暮らしながら、毎晩晩酌を一合飲みつづけ、ホームの病院で、親切に看《み》とられて大往生をとげた。

その城さんでも、ホームのバスには乗らないし、ホームの食堂で食事をしたがらず、自分の部屋でひとり食べていた。理由をたずねると、

「だって、バスも食堂も、まわりは老人ばっかりなんだもの」

と言ったのには笑ってしまった。九十二歳で死ぬまで、お化粧をしつづけ、派手なきれいな服を着ていた。私は、城さんを自分の将来の老いの見本にしようと思っていた。

気がついたら、私はもう、れっきとした八十バーサンになっている。けれどもまだ私は仕事をつづけているし、連日、全国を走り廻っているし、足腰も達者で、自分では自分が老人になったなどと信じられないでいる。会う人ごとにどうしてそんなに達者なのか、元気の秘訣を教えてくれと言われる。

何の秘訣もないので教えようがない。強《し》いて探せば、自分の実年齢にこだわらないことだろうか。それに、持ち時間は日々減っていくのだから、今更いやなこ

とは一切しないということだろうか。あとは、自分よりうんと若い人たちとつとめて会い、彼等の生気を吸い取ることだろう。年寄りのぐちっぽい話からは逃げ出すことだ。

健康法などにこだわらぬこと。何よりも、今日の憂いは今日捨ててしまい、心にわだかまりを持たないことだろう。口で言えば簡単だが、これがなかなか難しい。

私は、誕生日と得度《とくど》記念日には即、花屋が開けるほど花を贈られるが、かつて敬老の日には花一本もらったことがない。身内も友人も、敬老の日には私を思い出さないらしい。

結構なことである。いくら長生きしても寝たきり老人になったり、痴呆になって、家族に迷惑をかけたり、負担をかけるのはしのびない。といってもこればかりは、なったとこ勝負で取り越し苦労をしてもはじまらない。

今月下旬に二〇〇二年度医療制度改革案が公表されるそうで、それによると今一割負担の高齢者医療の対象年齢が七十歳から七十五歳に引き上げられ、七十五歳以上でも高額所得者には、医療機関でかかった医療費の自己負担を「現役並みに」求める方針だそうである。まさに私はその対象になる条件者である。これまで一割だった自己負担が二〜三割に増額されるかもしれないという。

自分に高所得があるのは、人の眠る時も、祭日も日曜もなく働きつづけたおかげで、何も政府のおかげを蒙《こうむ》っているわけではない。どこか、納得のゆかない方針だが、まあいいかと自分に言いきかす。

八十になっても、元気で働けることに感謝し、大病をしないで過ごせることにも感謝して二、三割増の医療費を払わないですむよう自分の健康管理を心がけた方が、腹をたてて血圧が上がったりするよりましかと考える。

たまに病院に行くと、服《の》みきれないほどの薬を山のようにくれる。一度だって、それを服み切ったためしがなし。最近はその薬に効能や成分の説明書がついているが、それには必ず副作用も書いてある。それを読んだだけで、そんな薬は服まない方が体にいいと思ってしまう。その上、病院に度々行けば院内感染の心配もありそうだ。

老人が自分の身を護《まも》るには、働けるかぎり働いて、病気にならないように気をつけるにしかずである。転ばないよう、暴飲暴食をつつしみ、風邪をひかないようにするしかない。あんまり気をつけて、百まで生きたらどうしよう。惜しまれる年齢は、とうに過ぎた。

上手な老い方

「サライ」という隔週に発刊される雑誌が毎回、インタビュー記事を載せていた。「上手な老い方」という題で、各界の老人と呼ばれる人々に編集部がインタビューするのです。

そしてそれが次々本にまとめられ、『上手な老い方』という本になる。すでに九冊も出ていて、今度、十冊めが刊行され送ってきた。それには一九九七年度にインタビューされた人々の記事を、写真と共に載せている。

私もその年の三号にインタビューを受けているからだ。私は一九二二年生まれだが、他の人々は私よりも若い人もいるが、ほとんどは私より早く生まれた方々である。

「調教師」「作家」「佐賀にわか劇団座長」「建築家」「報道写真家」「作詞家」「美

容師」「櫻守《さくらもり》」「製綿業」「棋士《きし》」「医師」「学者」「元・捕鯨船船長」「元・スチュワーデス」等々、その職業も多彩である。

私のインタビュー記事は、よく訊かれることばかりで、大して面白くもないが、他の人々のはみんな、ユニークで面白くて、ついつい読み出したらやめられなくなってしまった。

雑誌の時は、読んでいなかったので、思いがけない拾いものをしたように愉しくなった。

人は実にさまざまな生き方をしているものだ。職業もこうして見ると、一つ一つが何と魅力的なことか。

内容はすべてフィクションでなく、その人の現実に生きた話ばかりなのだから、迫力も抜群である。

けれども、私が一番面白いと感じたのは、およそたぶん、自分の暮しとは交渉のない「棋士」という肩書きの岩本薫《いわもとかおる》氏であった。

岩本さんはインタビューの時、九十五歳の現役棋士であった。

一九〇二年生まれの岩本さんは、私より二十歳年上である。幼時から、天才の芽は開き十歳で父親に碁を習い、十一歳で広瀬平治郎《へいじろう》八段の門下に入り、二十四歳で六段。四十四歳で本因坊《ほんいんぼう》に就位。

八十一歳でさすがにトーナメント・プロは退いたけれど、レッスン・プロは九十五歳の今（九七年）も月、七〜八回はつづけているという。

八十歳すぎてから、囲碁の海外普及を思いつき、家屋を売り払って五億三〇〇〇万円をつくり、その事業に取り組んでいる。世界各地に囲碁のセンターづくりをする。

ブラジルのサンパウロ、オランダのアムステルダム、アメリカのシアトルとニューヨークにセンターを完成している。すべて私財を投じてである。

「人間、生れたときはみんな一文なしのスカンピン。そう思ったら、お金なんて大したことはない。どうせ集ったものは死ぬときに散らせなきゃならないんですから、同じこと」

と、全く執着心がない。

日々のモットーは〝五持《ごも》つ〟。健康、目的、趣味、友、お金の五つを持てば人生は愉しいとおっしゃる。ただしお金は「少々」というのがミソだそうな。好きなお酒ものんでコロッと死にたいといわれた岩本さんは、昨年一九九九年、九十七歳で大往生をとげられている。

何者として死ぬか

今年は実に多くの作家の死を見送った。中には自殺した人もいた。

一般の社会でも中年の自殺者が三万人を超えたと伝えられている。

自分もまたもうすぐ数えなら八十歳になる年齢ともなれば、自分の死についても、はや他人ごとでなく考えなければならない。ところが毎日目まぐるしく動きまわっているので、ゆっくり死について考えをめぐらす閑《ひま》もない。かといって、ほとんど毎日のように伝えられる友人、知人の死を前にすると、その瞬間だけでも、今、自分が生きていることとの不思議さに戸まどってしまうのである。

私の女友だちで、医者からガンで半年で死ぬと宣告された人がいる。彼女は宣告のショックから立ち直ると、たちまち、身辺の整理に没頭し、きれいさっぱりものを捨ててしまって、身軽になってから、ひたすら絵を描きだした。六十六歳からはじめたアブストラクト油画が、彼女を支えてくれた。「死ぬ瞬間まで、元気に、画を描いて、画家として死にたい」という。何者として死ぬかということは、人間にとっておろそかに出来ない大問題である。

中村真一郎氏は死後出版された『全ての人は過ぎて行く』という本の中で、「戦後派として死にたい」と告白している。その中村さんに先輩の高見順さんは、一度は捨てたコミュニストの立場にもどって、共産主義者として死にたいと述懐されたそうだ。

ノーベル賞の川端康成さんは、出発点の新感覚派としての立場を死ぬまで固執されていたという。

高見さんの共産主義者というのは、現在の日本の共産党をさすのではなく、人類の理想としての共産主義を意味していると、中村さんは解説を加えている。

今年亡くなられた多くの文筆業者の死を一人一人考える時、彼等が自己を何者と信じて死んだかということは大きな問題として残されている。

私もこの頃、ふと眠りから覚めた時、昨夜も無事に生きたのかと、ちらと思うことがあり、そんな時は決まって、私は何者として死にたいのかと、自問自答している。

答えは決まっていて、私は小説家として死にたいのだと、自分の腹の底から呻《うめ》き声のような声が洩《も》れる。

死後の世界があるか無いかを論じる前に、自分は何者として生き、死に行く時は、何者として死にたいのかという問が自分に返ってくる。不治の病にかかり、死んでゆく人を気の毒だなど簡単に決められない。凝縮された死までの時間を、自分流に、なりたいものになりきって死んでゆく人は、むしろ羨ましがられていい存在だと思う。

第三章　女という性

櫛田ふきさんの人生

大正十一年生まれの私は、この新世紀の正月で数え年八十歳になった。畏敬《いけい》していた福田恆存《つねあり》氏は、年齢は生涯数え年を用いられた。比叡山《ひえいざん》の山田恵諦《えたい》御座主《おざす》は、人間は母の胎内で十カ月育っているのだから、その期間を一歳と数えるのが当然であると常におっしゃっていた。

終戦後、日本でも人の年齢を満歳で数えるようになって、正月が来ても一つ年を取るという習慣と感覚がなくなってしまった。その時は突然、二つ年が若くなったようで嬉しかったし、満歳で自分の年を若がえらせたのが、得をしたような思いをしたものだ。

伝記小説を書くようになってから、満歳で人の年齢を数えるのがたいそう不便になってきた。なぜなら、私が好んで書いた女人たちは、明治や大正のはじめの生まれの人が多かったので、彼女たちの年齢も年譜も、数え年になっていたから、それを一々、今の読者のために満歳に書き直すのが一苦労であった。田村俊子も岡本かの子も、管野須賀子《かんのすがこ》も伊藤野枝《のえ》も、金子文子《ふみこ》も、平塚らいてうも、年齢の書き替えを行わなければならない。

たとえば、明治二十二（一八八九）年三月一日生まれの岡本かの子は、昭和十四（一九三九）年二月十八日に死んでいるから、満歳でいえば四十九歳と十一カ月で死亡したことになる。しかし数え年でいえば享年五十一ということになる。

自分の年齢が数えで八十歳と人に言われて気がついて以来、私は人の年齢も数え年で数えた方が、実感が湧くようになってしまった。

なぜこんなことにこだわるかと言えば、この年になると、あまりにも次々、身のまわりから知人があわただしく死亡していくからである。毎朝、新聞の死亡欄を見ると、死者の年齢が、自分よりほとんど若くなってしまっている。自分より年長の死者となると、これが急に長命者が多くなり、九十歳代はおろか、百歳を越える人さえあらわれてきた。

日本人の平均寿命がのびたせいで、百歳以上の人も珍しくなってきた。私が伝記に取りあげた女性は、ほとんどが明治生まれだから、今生きていたらみんな百十歳を越えている。

去る二月五日午後八時一〇分、またひとり明治生まれのすばらしい女性が百一歳で逝去した。数え年なら百三歳だ。女性解放運動の先駆者として、ただひとり生き残ってくれていた櫛田《くしだ》ふき女史である。

その報を新聞で見た時、ついにその日が来たかという感慨に捕えられ、しばらく瞑目《めいもく》していた。

どの新聞の死亡通知の写真も、女史はにこやかに笑っていて、七十歳くらいにしか見えない。

いや六十代といっても信じる人のいそうな若々しい俤《おもかげ》である。これこそ今、現在の櫛田さんの俤なのである。

私は白寿の櫛田さんに最後にお会いしたが、その時もこの写真のままの若々しさであった。童顔のせいもあるが、いつお会いしても、髪を美しく今風にカットし、セットして、しゃれた帽子をかぶり、きれいにお化粧していた。服も靴も、御自分に似合うものをちゃんと選び、その色彩もデザインも、若々しく華やかであった。笑顔が何ともいえず可愛らしく、百歳近くの人と思えないほどチャーミングであった。

十九歳で日本女子大を中退し、父君の弟子だった経済学者の櫛田民蔵氏と結婚し、三十五歳で子持ちの寡婦《やもめ》になって以来、子供をかかえて苦労されたというが、その明るい笑顔には苦労の翳《かげ》などどこにも見えなかった。

戦後、宮本百合子や壺井栄《つぼいさかえ》との交流を縁に、女性解放運動の闘士となっている。一九四六年に発足した婦人民主クラブの初代書記長に就任、委員長も約十年も務めている。日本婦人団体連合会（婦団連）会長にもなっている。

この間、安保条約反対、日本母親大会、原水爆禁止、ベトナム反戦など、常に世界と自分との関わりを良心的に受けとめ、ゆるぎない信念を通して、いつでも運動の先頭に立っていた。昨年二月には、日米防衛協力のためのガイドライン反対のデモの先頭に、車椅子で率先して行進している。

その生涯は筋金入りの女闘士と呼ばれるはずなのに、その小柄で可憐な全身から匂う女らしさ、やさしさ、可愛らしさは、どこから生まれるのだろうか。

最近は、平塚らいてうの会の中心となり、今年はらいてうの映画を完成させるのだと、情熱を燃やしていられたのに、その完成を見ずに亡くなられたことだけがかえすがえすも残念で、口惜《くや》しい。らいてう女史は、今年没後三十年に当たり、生誕数え年百十七年になる。

私はらいてう女史の記念の何かの会がある度、櫛田さんから召集を受け、講演したり、挨拶をしたりさせられたが、その御縁で、最晩年の櫛田さんとお近づきが出来たことを何より光栄に思っていた。

いつでも、顔をみるなり、超一級の仏教用語でいう和顔施《わがんせ》（誰にでも笑顔を与えること）をたたえて、両手をさしのべ、しっかり抱いてくれる。

会ったことを、こんなに全身で素直に喜んでくれる人は、他にはもういない。

まわりには櫛田さんを敬愛し大切にする同志たちがいつでもあふれていて、その人たちに囲まれ、敬愛され、いたわられている様子は、実に幸せそうであった。

いつでもお別れする時、可愛らしいハンカチに包んだ千代紙をはった小箱を下さる。中には色とりどりの小さなお菓子が入っていた。

まるで女学生の仲よしのように、そっとそれを内緒めいて手渡して下さるしぐさが、またいいようもなく可憐なのであった。もうあの慈悲にあふれた笑顔に会えないのかと思うと淋しい。明治生まれの女性解放運動の先駆者、二十世紀の証言者たちは、ついにみんな去ってしまった。

二月十七日の青山葬儀所でのお別れ会には、私も弔辞を捧げさせてもらうつもりである。

日々、新しい女になる

人は眠りにつく時、明日朝、必ず生きて目覚めるという保証は何もない。突然、夜中に急変して、病院にかつぎこまれる閑《ひま》もなく急死する人は一晩にいく人もいる。

また、突然、夜中に大地震が起きて、逃げる閑なく死亡する人もいる。戦争中なら、戦場に在ろうと、銃後に在ろうと、同じく命の危険にさらされている。それでも人は、眠る時、たぶん明日も生きているだろうと、のんきな気分で寝に就く。

考えてみれば、夜の熟睡を死んだように眠るとたとえるのは、実に適切な言葉なのかもしれない。人は夜、眠りの中に死んで、朝、目を覚ます時は、死から甦《よみがえ》るのだと考えられないこともない。「日々これ新たなり」という言葉もそう思えば身近になる。

人間は飽きっぽい。何でも新しいものに憧れ、飛びつきたがる。ニュー・モード、ニュー・ファッションという宣伝文句が功を奏し、女心がそれに吸い寄せられ、紅白粉《べにおしろい》の類《たぐ》いから、ヘアースタイル、靴の踵《かかと》の高さまでに、季節毎《ごと》、心を揺れ動かされるのも、ニューという言葉の魅力なのである。

「女房と畳は新しいほどいい」という使い古された言葉も今や黴臭《かびくさ》くなってきた。今では「男と車はおニューがいい」と、女たちはビールの大ジョッキを空《あ》けながら、大声で話している時代である。

千年前の「源氏物語」では長い梅雨の夜の退屈しのぎに、男たちが四人集って、女について虫のいい勝手なごたくを並べあった。それを「雨夜《あまよ》の品定《しなさだ》め」と称して、千年来、読者は面白がってきたが、この二十一世紀も目前にひかえた今では、品定めは専《もっぱ》ら「女のすなるもの」になってしまった。

時代と共に人のファッションは移り変り、世間の風俗、風習も変化し、それにつれて、人々の思想も、道徳も法律も変っていく。

革新してよくなる場合もあれば、改悪して後退する時もある。変らないのは人間の飽きっぽさであり、新し好きであろうか。私は自分自身が飽きっぽく、目移りの激しい質《たち》に生まれついたせいか、普通の女人に比べて、実に目まぐるしく変りつづけてきた。

一九九八年で喜寿《きじゅ》を迎えた年齢まで馬齢《ばれい》を重ねてきたが、と、ここまで書いてひとり笑いだしてしまった。こんな文章を書いても、今の若い人たちにはチンプンカンプンであろうと思ったからだ。

喜寿とは、喜の草書体「㐂」から七十七歳という意味で、そんな長命は喜ばしいのでお祝いをするという意味だそうで、喜寿の賀と呼ばれていた。

馬齢とは、自分の年齢の謙譲語で、犬馬《けんば》の齢ということ、つまり、犬や馬のようになすこともなく老いる。無駄に年をとるということだと広辞苑にある。ペット愛護の精神の高くなった現代では、こんなことを言うと、ペットマニアの人々に怒られるだろう。夫より犬、猫の方が愛情と従順を示して可愛いという主婦の多い時代なのである。

要するに数え七十七歳まで、生きのびてきたが、自分の越えてきたはるかな幾《いく》山河《さんが》をふりかえってみて、時代の進歩と、生活様式の革新に今更のように愕《おどろ》くのである。

竈《かまど》の前で、薪《まき》の煙に目を泣きはらして御飯を炊くより、ガス火で炊く方が便利に決っているし、更に電気釜なら、もっと便利になったのは当然である。

六十三年前、私が徳島の女学校に入学した時、割烹《かっぽう》の時間というのがあって、袴《はかま》をつけた美しい若い先生から、「洗濯板の有効な使い方」というのを教えてもらった。今、古道具屋にも、洗濯板などめったに見つからないし、まして、しんし張り、張板《はりいた》など、見たこともないお母さんばかりになってしまった。

その分、主婦は家庭の労力がはぶけ、余暇を有効に使い、キャリアウーマンになって外に出て働くようになってきた。

こういう例こそ、世の進歩、改革というもので結構なことであろう。しかし同時に核家族制度が進み、老人は旧《ふる》き遺物のように扱われ、子供たちは行儀知らずの、智育ばかり先行した、徳育を受けない母親たちに育てられ、感情教育もないがしろにされているので、情緒不均衡な子供が増えるというマイナス面も生んできた。今の若い母親は、自分の二倍も三倍も長く生きた老人たちの豊かな智慧《ちえ》と経験を利用活用することを知らない。これも彼女たちの受けた教育の智識偏重教育の悪《あ》しき遺産である。

しかし一方、老人たちは自分の経験や好みを固執して頑迷《がんめい》固陋《ころう》になっていることも事実である。

老人も中年も若者も、自分たちが一番正しいという誤った自信を捨て、全く新鮮な、何ものにも染まっていない無垢《むく》な感性を取りもどし、日々自分をもっと柔軟にして、新しく改革していけば、今よりはるかになめらかな家族関係、人間関係が生れて快適になるのではないだろうか。

年が新たまる度に、何か今年こそいいことがあるのではないかと、期待を抱くのは人情の常だろう。

まだしみのついていない新しい暦《こよみ》に、どんな思い出が書きこまれるか、どのような新しい嬉しい人間関係が生まれるか、無邪気に期待する好奇心を失いたくはない。

二十世紀の日本での最大級の変化刷新といえば、女の貞操が死語になったことであろう。結婚は男女平等という思想が定着したと同時に、性に於《お》ける要求も快楽も、男女平等であることが、女たちの心に定着した。

性の不一致あるいは不満のため、離婚を要求するなど、私の娘の頃はとんでもない恥《はずか》しいこととされ、絶対口に出せなかったものだ。

それが当節では、最も納得のいく離婚の理由として成立しているし、恥をかくのは、女を性的に満足させられなかった男の方となってきた。

離婚する女が、子供を引き取るのも普通になったし、その子を育てる経済的力も女が備えてきた。

二十世紀の最もすばらしい女の事跡と大変革は、男と同じ経済力自立をした女が、普通になってきたことである。

内助の妻という言葉しかなかった時代はやがて語り草になるだろう。

伊藤野枝《のえ》における辻潤《つじじゅん》、高群逸枝《たかむれいつえ》における橋本憲三、岡本かの子における岡本一平《いっぺい》のような内助の夫は、当時稀《まれ》なる例だったから、私は彼等の夫婦のあり方を書いたし、それが共感を以《もっ》て読まれたのであった。

今や、夫は妻のパンティも洗うし、子供のおしめも替えるし、台所に立つのは、むしろ恰好よき夫のスタイルとなってきた。

日につれ、世につれ、人間の習俗は、かくも変るのである。

これを一応革新と呼んでもいいだろう。なぜなら、それで妻は快適になり、夫もまた満足らしい表情をして、別に不満面《づら》をしているわけでもないからだ。

私は婚家を飛び出し、幼い娘と、世間的には申し分ない夫を捨てたということで、長い間、悪女のレッテルを張られて、故郷へは、陽のあるうちには帰ってくれるなと、亡父に言い渡されたが、後悔はしていない。

あの時、もし、それを決行しなければ、今の私はいないのだし、私の作品は生み出されてはいなかった。

一応世間に向っては、すべて私が悪かったのですと、言いもし、書いてもきたが、男女、まして夫婦の間などは、五分五分で、どっちかだけが悪いなどとはあり得ないというのが、七十七歳の私のいつわらざる見解である。

世間から申し分のない夫や、妻であっても、相手がそういう夫か妻を欲していなかった場合、相手にとっては悪夫、悪妻ということになる。そんな時は、さっさと別れて、自分の好《よ》さを好さと認めてくれる新しい相手を探した方がいいのである。

私は夫や子供を捨て、良妻賢母のレッテルを引きはがした時から、何ものにも替え難《がた》い自由を得た。

その自由を存分に行使して小説を書きつづけて、小説家ののれんをかかげてきたが、やがて、その自由が黴臭《かびくさ》く思うようになって、息がつまりかけてきた。

その時、私はまた思い切って生活を変えた。出家得度《とくど》したのである。

この決行は、私にとっては、着のみ着のまま、一銭も持たず、厳寒の二月に家を出た時より、心に軽く思っていたが、世間的には、流行女流作家の奇矯《ききょう》な出家と映ったらしく、ジャーナリスティックに喧伝《けんでん》されて、自分の方で愕《おどろ》いてしまった。

しかし、私は自分の出家を、その後、一瞬たりとも後悔したことがない。厳しいといわれる比叡山横川《ひえいざんよかわ》の二カ月の行《ぎょう》生活も平気であったし、今尚、なつかしい思い出である。

その後、仏から、小説を書きつづけることを許されて今に至っているが、七十過ぎて、思いがけない文学賞やら、国の文化功労者章までが舞いこんでくるようになり、思わぬ仏の功徳にあずかったような気がしている。

今では、法臘《ほうろう》二十五歳になった。

毎度、平均二年めごとに引越していたのに、出家してここ、嵯峨野《さがの》の寂庵に庵をかまえてからは、何と四分の一世紀も引越していない。

その替り、仕事場を転々と替え、気分を一新している。引越せない時は、インテリアを一新して気分を替える。

居は気を移すというが、私は一つ所にいると、その土地の精気を全部吸いあげてしまったような気分になり、仕事の気力が萎《な》えてくる。

そんな時、部屋の中の机の向きを替えたりするだけでも、気が動いて、気分が刷新される。すると頭の中に清新な空気が流れこんで、新しい発想が生まれるような気分がして、活力が湧いてくる。

こういう私の性格は、多分に性格がM的なのだそうだ。男は太古から狩をして獲物を追い需《もと》めたから、そういう流れ者の血が今も流れているので女はじっと家を守り、男の獲物を待つのが習性だという。そう教えてくれたのは、つい半年前亡くなられた会田雄次《あいだゆうじ》氏で、新幹線でたまたま一緒になった車中での話であった。

私はその時、

「でも私は、女っぽくて、甘えるのが好きで、男に尽しますよ」

と、女の中の女のようなふりをしたら、会田さんはすっきりした高い鼻でせせら笑って、

「それは、瀬戸内さんが、男に惚《ほ》れた遊戯をしている時の演技です。演技もうまくなれば、真偽の区別が自分でもつけ難いものです」

と言い放った。私の惚れた男たちに、その真偽のほどを聞いてみたいところだが、七十七まで生きると、そういう関係の人々も、みんな一足先に彼岸に渡って

しまって、もう誰も居ない。

淋しいというより、すがすがしいのはどういうわけか。

さて、この新しい無垢の今年の暦を、どう塗りつぶしてやろうかと、私はわくわくして、期待に燃えている。

新しいことはいいことだ。

感動する二人の女性

日本のサンガー夫人といわれた加藤シヅエさんが二〇〇一年十二月に亡くなった。百四歳。四、五年前一度、進歩的な女性の集りの会でお逢いしたことがあったが、車椅子のシヅエ女史は、とても百歳とは信じられない若さで、美しかった。そこに集った現役の進歩的女性のどの人より若々しくいきいきとして魅力的だった。

シヅエ女史を母とする加藤タキさんも、当代一といっていい美しい女人だが、そのタキさんがいつか婦人雑誌で、シヅエさんは百歳を越えた今でも、毎晩蒸しタオルで、顔を蒸し、ナイトクリームでマッサージを怠らないと話しておられた。若さの秘訣は不精ではないということかと、私は恐れいった。

私は以前からシヅエ女史にひそかな敬慕と親愛感を抱《いだ》いていた。それは女史が日本へサンガー夫人の産児調節の思想と実践を伝えた人であったからだ。シヅエ女史がアメリカのサンガー夫人に出会いその影響を受けたのは、男爵夫人として渡米した一九二〇年であった。当時産児制限と呼ばれていた避妊によるサンガー夫人の家族計画は、「産めよ殖《ふ》やせよ」の国策に反するものであった。日本でそれを広めるシヅエ女史は日本の「産害夫人」と呼ばれたという。

サンガー夫人が来日したのは一九二二年で、私の生まれた年であった。私の母はその頃、どういうきっかけからか、産児制限のサンガー夫人と加藤シヅエ女史の考えに影響されたらしい。私とは五つちがいの姉があったが、私以後、母は子供を意識的に産まなかった。姉や私にいつも「貧乏人の子沢山は恥ずかしいことだ。子供は少なく産んで充分教育してやるのが親の義務というもの、あんたたちも、どうせ金持ちにはならないから、子供は二人くらいにしておいた方がいい」と言って聞かせていた。

少女の頃、姉も私もいい加減に聞いていた母の言葉が、自分が母になる時、しっかりと自分の頭に植えつけられているのを知った。姉は二人の男の子、私は娘一人以外、意識的に子供は産んでいない。

母は徳島の田舎に生まれ、高等小学校しか教育は受けていない。母を長女に五人弟妹で、十二歳の時、生母に死なれている。末の妹はまだ乳呑児《ちのみご》だった。親代りに幼い弟妹の面倒を見た苦労が身にしみていたのだろうか。

シヅエ女史は裕福な家庭に生まれ女子学習院卒で十七歳の時結婚した相手は男爵であった。当時の夫の赴任地三池炭鉱に行った時、女が腰巻一つで働いている姿を見た。妊婦もいた。折からロシア革命がおこり、社会に目覚めた。男爵夫人の地位をなげうち、女性解放運動の先頭に立ち、婦人参政権運動に身を挺《てい》した。

後、社会党の加藤勘十氏と結婚し、敗戦後に最初の女性国会議員になり、「おしどり議員」として二十七年間、議席を守り通している。今、女性が自由に政治参加出来るのもシヅエ夫人のおかげが大きい。

らいてう没後三十年

今年は櫛田ふきさんを二月に見送り、近代日本の女性解放の道を闘い取った女性運動家の最後の花を失ったようで淋しい。

櫛田さんを見送るお別れの会には、櫛田さんと親しかった、また多大の影響を受けた女性の同志たちの顔が見えていた。

その日は櫛田さんの百二歳のお誕生日に当たっていた。集まって弔辞をささげた同志たちも、八十歳を超える長寿者が多かったが、揃《そろ》って年よりずっと若々しく美しいのに一驚した。中でも葬儀委員長をつとめられた小林登美枝《とみえ》さんの美しさと若さは、とても八十代の半ばの方とは見えなかった。

小林さんは生前の平塚らいてうに可愛がられ、晩年最も親近した方で、今は「平塚らいてうを記念する会」の副会長である。今も、「平塚らいてうの生涯」という記録映画をつくることに情熱をかたむけていられる。

今年はらいてうの没後三十周年に当たる。明治十九（一八八六）年に生まれたらいてうは今年生誕百十五周年を迎えた。

らいてうなくして、近代日本の女性運動は生まれなかった。らいてうこそウーマンリブの日本の生みの親であり、その思想の新しさと行動の果敢さで、世評からは非難を浴びることの方が多く、今なら、さしずめ、テレビのワイドショーを賑《にぎ》わせていたことだろう。しかしらいてうが一身を懸けて、当時女性を取り囲んでいた因襲の厚い壁を打ち破ろうと立ち上がってくれたため、現在の女性の解放への突破口が開かれたのであった。らいてうの主宰した「青鞜《せいとう》」という女性同人誌には、日本全国津々浦々から、女性の自由と自律をめざす若い女たちが駆け集ってきた。

「青鞜」こそ、日本が世界に誇り得る女性運動史の華である。この中から、多くの女性の作家や革命家や思想家が巣立っていったことを思えば、らいてうの存在の歴史的意義の重さが改めて回顧される。

今、小林さんたちが中心になって製作しているらいてうの映画は、羽田澄子《はねだすみこ》監督によって着々と撮影がすすめられ、もうほとんど出来上がっている。志の高い映画ばかりを撮ってきた羽田さんの、この映画への思い入れはひとしおで、この映画で社会に貢献したいと意気軒昂《けんこう》である。岩波ホール総支配人の高野悦子《たかのえつこ》さんは、「この映画こそ二十一世紀への何よりのプレゼント、この映画を大切に上映していきたい」と完成を待ち望んでいる。

ただし、製作費に三千万円は必要なのに、募金はまだ一千七百万円しか集まっていない。製作費は羽田監督が私費を費やしている。そんな理不尽なことを見逃してはおけない。女たちのすべて、女を支える男たちのすべてにふるって募金をしてもらわなければ、この映画は日の目を見ないであろう。募金のため、私もがんばるつもりである。

第四章　仏教の教え

だまされない智慧を

相変らず怪しげな宗教を名乗る集団に多額の金をまきあげられた被害者が跡を絶たない。

足の裏診断など、誰が考えても怪しげな方法で、自分の病気を指摘され、治療の代りに修行とやらで治すということを、だまされるというより、盲信してしまう被害者の気が知れない。

サギ師は、あらゆる方法を考えつくし、だまし易《やす》い人間を判別して、そこに釣糸を垂らす。

狙われた方が悪いとは言いきれないが、こんなに次々、そういうインチキ宗教がはやり、だまされたといって多額の金品の損害の被害届を出すのは、どういうことなのか。

私は前々から、いい宗教か、インチキ宗教かの判別方法は、その宗教法団が、金もうけをしているか、していないかによって決めればいいと言いつづけている。たちまち、大殿堂《だいでんどう》の建つ宗教法団は怪しいと見て、まず間違いない。布施や献金を強要するのは、宗教法団としては信用出来ないと判断していいだろう。

前世の因縁によって、この世の不幸が起こるから、ついている悪霊を除《のぞ》かなければ、あなたはますます不幸になるばかりと脅《おど》かされると、人はなけなしの金をかき集めてでも除霊をしてもらいたがる。

誤解を怖《おそ》れず言わせてもらうならば、だまされる側もどうかしているのだ。しかし、人の不幸や不安につけこんで、だます方が悪いのはもちろんである。

人生においては、なぜか、いいことも悪いことも、つれだってやってくる。病人がつづいたり、葬式をつづいて出したり、働き手が職を失ったりすれば、不安になり、気が弱くなるのはもっともなことである。

しかしそこで、運命に負けないで、自力で勇気を出して、不運や不幸に立ちむかってほしい。

釈迦《しゃか》は八十歳で示寂《じじゃく》される時、弟子の阿難《あなん》（アーナンダ）に向って遺言された。

「私に頼らず、法と自分を頼りにせよ」

と、自分を島としてとも表現しているし、自らを灯《とも》びとしてすすめとも教えられている。

これこそが、真の教育であろう。

宗教者を名乗る人の中には、自分は釈尊《しゃくそん》の生まれ変わりだなどと平然という人物もいる。

インチキ宗教にひっかからない、さめた理性を持つべきである。

仏教の究極の教えは、人に智慧《ちえ》を持てということだ。

智慧と智識はちがう。智慧とは、自分の行くべき道の方向を、自分の力で、あやまらず判断する能力を持つことである。

仏教第一の戒律

最近の子供は、命の大切さ、重さを、家庭でも、学校でも教えられていないようだ。

「なぜ人を殺してはいけないの」

と母親に問うた子供に、その母親は何と答えていいかわからなかったという話が、新聞に投書されて話題になった。多くの母親が投書者の困惑に共感を示した。八十近くまで生きた私は、それを聞いて心から驚愕《きょうがく》してしまった。

私の世代の者は、少くとも物心つくかつかない幼いうちに、人はもちろん、動物も鳥も殺してはならないと、誰からともなく教えられていたように思う。特に身近の両親や兄姉や老人からという記憶はなく、強《し》いて考えれば、まわりの年長者、つまりは、社会から、それを教えられていたように思う。学校へ上ってからは、修身の時間があって、善業と悪業の基本は教わったと思う。

私の故郷では人に残酷な行為をするのは「ムゴイ」ことといい、嫌悪した。他者、特に自分より弱い者や、年少者にムゴイことをするのは人でなし、人非人であった。

今の子供たちは、基本的な善悪の区別すら教えられていないのだろうか。

「いじめ」が過激な様相を帯び、死に至らしめることさえあるのも、自分のしていることの善悪軽重《けいちょう》が判断出来ないからであろう。

私の師僧《しそう》の今東光《こんとうこう》師は、生前毒舌で知られていたが、青少年から、

「生まれたくもないのに親が勝手に生んだ」

とか、

「生きていてもつまらない」

とか訴えられると、即座に、

「このゴクつぶしめ、とっとと死んで失せろ」

とどなりつけた。本気で死にたくもない彼等は頭からどなりつけられて、はっ

として、今師の話に恭順《きょうじゅん》になった。

しかし、今の子供たちは、

「死んでしまえ」

とどなりつけると、ほんとうに、あっさり自殺してしまうから始末に悪い。

他人の命の重さも解《わか》らない彼等は、自分の命の重さもかけがえのない貴さもわかろうとしない。

かつての日本人は、人間の所行の善悪を計るのに、仏教の教えをもってした。

仏教の戒律の中に第一にあげられるものは不殺生戒《ふせっしょうかい》である。

原始経典「ダンマパダ」には、

「人はすべて暴力におびえる。すべての者にとって生命は愛しい。わが身にひきあてて殺してはならない。殺させてはならない」

とある。

「スッタニパータ」には、

「彼らも私と同じであり、私も彼らと同じである。こう考えてわが身にひきあてて、生き物を殺してはならない。他人に（命じて）殺させてはならない」ともある。釈尊の生きていた西暦前五、六世紀にも、戦争はあり、殺戮《さつりく》はあった。その悲惨を見て釈尊は、「わが身にひきあてて」と、人をさとしている。自分に痛いことは他者にも痛いのである。自分に不快なことは他者もまた不快なのである。自分にしてほしくないことを他者にしてはならない。こんな当り前の道理がわからないなら人間ではない。もし、子供がなぜ人を殺してはいけないのかと聞けば、「おまえは人間だから」と答えるべきである。

動物の中で、人間だけの持つ才能に、想像力がある。

想像力によって、人間は他者の苦しみも痛みも自分のことのように感受することが出来る。

武器で殺す、火で殺す、毒ガス、原爆で殺す、すべて暴力である。

世界でその人の命はただ一つでかけがえがないことを幼い頃から教えこめば、自分の命も大切にするだろう。自分の命の大切さがわかれば、他人の命の大切さも想像し、理解することが出来る。

「殺してみたかった」

といようなことを言う想像力の欠落した少年がなぜ生まれたのか。戦後の教育、家庭の躾《しつけ》、社会の諸悪の一度にふき出した現象のもろもろが、相乗作用して、そういう青少年を生んだとしか考えられない。

青少年の自殺の増加も只《ただ》ならぬものがある。彼等は、自分の命さえ軽んじているのである。自分を愛せない人間は他者を愛することも出来ない。

戦争で殺人を強いられ、処刑を強いられる殺人、また死刑執行人の殺人、治安のための殺人などは、社会から善とみなされ評価されると見る考えがある。

しかし、それ等の殺人もれっきとした殺人であり、そういう殺人も無くなる時こそが理想なのである。しかし凡夫である人間の生きつづける限り、そうした殺人に歯止めがかけられるのだろうか。これこそ真に恐しいことである。

仏を作ること、壊すこと

作仏《さぶつ》といって土や木を用いて仏を作ることが古来尊《とうと》ばれていた。子供が無邪気に遊びながら、泥で仏を作っても、その作業が仏に認められ、歓《よろこ》ばれて、その子が大人になった時、災難から守ってくれたというような、作仏の功徳《くどく》や利益《りやく》を書いたものが多い。

二千五百年前、釈迦が悟りを開き、仏陀《ぶっだ》となって、仏法を弘《ひろ》めた頃は、仏像はなかった。生身の仏、釈迦が現存していたから、それで充分だったのである。釈迦その人に合掌すれば、人は憂いから解き放たれた。

いつ、誰がはじめて仏像を作ったのか、それを思いついたのか、わたしは知らない。

はじめ、仏教のシンボルは輪であった。法輪《ほうりん》と呼ばれていた。しかし、そのうち誰かが仏像をつくったのだ。生仏《いきぼとけ》を失って長い時間が過ぎ、人々は薄れゆく自分の信仰心を恐れて、仏像を作りはじめたのではないだろうか。

世界で一番最初に作られた仏像が、土であったか木であったか、石であったかさえも伝わっていない。原始仏教書と呼ばれるダンマパダの中にも、仏像は出て来ない。

しかし、一度仏像が世に現われると、それはたちまち世に迎え入れられ、われもわれもと作仏師が現われた。

日本に仏教が伝来したのが五三八年であった。この時、百済《くだら》王から経論《きょうろん》と仏像が日本に贈られているから、朝鮮ではすでに作仏が行われ、人々の礼拝の対象になっていたのだろう。

飛鳥時代の止利仏師《とりぶっし》は、日本ではじめて仏像を作ったらしい。止利の作仏は銅製品が多い。もうこの頃は、日本人でも仏像に向かって合掌し祈ったのであった。日本に残っているそれ以来の仏像には、ほとんど製作者の名も伝わらないものが多い。

それでも仏師となり仏を作った人たちは、それぞれ自分の母や妻や恋人をモデルにしたのではないだろうか。人々はその仏像に慈悲と無償の愛を感じとって、悲しいにつけ嬉しいにつけ、思わず合掌して祈ったのであろう。

私も出家して以来、自然に作仏をはじめている。土でひねったのが始まりで、そのうち師匠について木の仏を作りはじめ、最期は石も彫るようになった。私の師匠の松久朋琳《まつひさほうりん》大仏師は、木の仏を作る時、木の中から仏さまにお出まし願うと教えてくれた。

はじめてインドを訪れた時、方々で痛ましく破壊された仏像に出会い、驚きもし、悲しみもした。すべてはイスラム教徒が偶像破壊という主義主張で壊したのだと教えられた。

人間の作った仏像は、どんな名人が作っても、それは一個の彫刻であり、焼き物である。しかしその仏像を何百年も何千年もかけて、無数の人々が拝み、祈りつづけていくうちに、仏像に魂が入り、恐ろしい霊力さえ備えてくるのだと思う。

木ぎれ、土くれ、石くれの仏像に魂が入るほどの祈りがこめられる信仰をないがしろにしてはならない。

最近、アフガニスタンのバーミヤン石窟《せっくつ》群の最大仏像がダイナマイトをかけられ、完全破壊されたというニュースが世界を駆けめぐって、騒ぎになっている。イスラム原理主義勢力のタリバン政権が行った愚行である。破壊されたのは、世界的な文化遺産として著名な石窟群のうち最大の高さ五十五メートルの大仏である。一日で壊しきれず、何日もかかって、爆発物や大砲で破壊作業を続けたという。タリバン政権の最高指導者モハマド・オマル師の命令と布告によって行われたとか。

イスラム教の指導者の中にも反対者があったが、タリバンは耳を貸さなかったという。世界中から届く非難の声にも平然として、彼等は破壊を尚もつづけると豪語している。日本語ですぐ思いつくのは、「罰当たり」という言葉である。

三蔵法師の道をたどり、バーミヤンの石仏群も描いている平山郁夫《ひらやまいくお》画伯が、痛恨の言葉でこの破壊作業を非難されているのも痛ましい。

イスラム教徒はすべてが破壊的で暴力的なのではない。アフガニスタンでイスラム教徒の運転するタクシーに乗ったら、一日に何回も勝手に車を止める。疲れたのかと思って、茶を与えようとするが姿が見えない。彼は車のかげにいて、メッカに向かってしきりに土下座して、祈りつづけているのだ。

私たちに紅茶をいれてくれながら、茶店の主人は、

「自分だって一日に五回は必ずああして祈るんだよ」

と教えてくれた。祈りの終わった運転手は、何でもない表情でまた黙々と車を走らせるのであった。

十年前の湾岸戦争の時、イラクへ薬を持って入国した私は、何の危害も加えられず、むしろ大切に保護された。バグダッドでは、少ないながらもキリスト教徒もいて、民家を訪ねたいという私の願いを聞きいれた政府の役人は、一軒のクリスチャンの家庭を紹介してくれた。そこの人々は、何の違和感もなく近所のイスラム教徒たちと仲よく暮らしていた。

タリバンのムタワキル外相は、なぜ破壊したかの質問に答えて、

「バーミヤンの巨大石仏二体だけの破壊でなく、国立カブール博物館などの現存

するすべての仏像をすでに破壊した」と宣言し、

「最高法であるイスラム法のもとで、仏像を保存することは許されない」

と公言している。

世界の各地でつづいている宗教戦争も痛ましい。宗教が人間の誇りとする文化遺産や信仰の対象となる仏像を破壊したりして、どういうメリットがあるというのだろうか。

聖僧古川泰龍

現代は既成仏教が地に堕《お》ちたと言われつづけている。お寺は観光と葬式だけを営業にして、尊い感じがなくなったとも言う。

そう非難されても仕方のない面もあるが、既成仏教のすべてがそんなに堕落しているとは言いきれない。

阪神大震災の時、ボランティアに駆けつけた若い僧侶たちもいたし、インドやネパールに学校を創って、現世の貧しい子供たちの教育に、奉仕して生き甲斐としている僧たちもいる。

何とかして在家の人々に仏教と縁を結んでもらおうとして、寺で音楽会を開いたり、芝居をやったりして、人々を寺になじませようと努力、工夫している僧たちもいる。巡礼を五十年近くもつづけて、いつの間にか大きな巡礼の会に仕上げて、人々を仏縁に導いている僧侶もいる。

中には、まだこの世紀末にも聖僧と呼ばれる人もいたのである。その一人はこの八月二十五日、がん性胸膜炎という病気で八十歳で遷化《せんげ》された。

その人の名は古川泰龍《たいりゅう》師で、熊本県玉名《たまな》市の「生命山シュバイツァー寺」の住職であられた。寺らしくない異様な寺名は、師がシュバイツァー博士の遺髪を関係者から託され、それを本尊とした無宗教の寺を建てたからであった。

この寺の開放的で自由な気分と、泰龍師の清廉《せいれん》無欲な人格を慕《した》って、フォークの歌手たちやヒッピーが訪れては何日も泊まっていく。泰龍師は来る者は拒《こば》まず、誰でも受け入れるので、寺はいつでも貧乏で、家族もすべて最低限の生活しか出来なかった。

また、福岡刑務所の囚人に需《もと》められて教誨師《きょうかいし》として通ううち、死刑囚となった二人の囚人の話を聞き、誤審ではないかと疑うようになり、膨大な裁判記録を読みはじめ、いっそう彼等の無実を信じるようになった。それ以来、泰龍師は、たく鉢の旅をして、彼等の無実の罪を晴らそうとの悲願の菩薩行《ぼさつぎょう》をつづけた。家族の生活を犠牲にして、自身は身命を賭《と》したようなその運動のため、寺はますます貧窮を極めたが、熱烈な恋愛結婚で結ばれた美智子夫人も、子供たちも、泰龍師の悲願に殉《じゅん》じ、誰ひとり不平を言わず、一家をあげて泰龍師の悲願の達成に協力を惜しまなかった。

しかし、死刑囚の一人はついに処刑されてしまった。それにもめげず、残る一人のために、全く孤独な闘いをつづけてきた。

その間、五人連続殺人犯が弁護士を装い、寺に宿泊したのを娘さんが見破り、事件解決に導くという椿事《ちんじ》もあった。来る者を拒まない寺の主義が招いた思わぬ事件だったが、佐木隆三氏が『復讐するは我にあり』で、このことを小説に書いている。

本来は佐賀の真言宗の寺の住職だが、宗派を超えた宗教観によってシュバイツァー寺を開いたような人なので、今ではカトリックのフランコ神父と縁を結び、隣町の別院として教会も建てた。仏教の寺とカトリックの教会が共に手を結び宗教活動をするという例は、世界広しと言えどここだけだろう。ローマ法王もこの宗教活動を認め、世界宗教者平和会議にも泰龍師を招いている。

私は泰龍師の娘さん姉妹と仏縁が生じ、その縁で五十数歳の頃の師が寂庵へも見えられた。美男スターも顔まけの美貌の主で、美智子さんの着物をつぶし縫ったらしいたっつけ袴《ばかま》と袖なしの羽織姿が、佐々木小次郎のようで、不思議な色気を感じさせていた。

物静かで、目の澄んだ人だった。

葬儀はフランコ神父がミサを行い、長女の龍桃尼が、泰龍師のお好きだった観音経をあげたという。

「全く寺は無一文で、銀行に借金が四十万円残っていただけ。この際それは払いました。尊厳死を選びました」

と龍桃尼が明るい声でさばさばと電話で言う。お別れの会が十月九日に開かれる。

声明の夕べ

鴨川べりの南座で、声明《しょうみょう》の会があった。

声明とは、日本仏教で僧の唱える声楽の総称である。お経に節のついた声楽と思えばいい。インドに仏教を釈尊がうち立てた時、ほとんど同時にインドに起こったものという。

あらゆる宗教の、祈りの最初のことばは、自然に節がついていたのではないだろうか。感極まった時、人は思わず天を仰ぎ、両掌《りょうて》をしっかりと合わせ、口には自然に祈りのことばがほとばしってでる。自分以外の、何か目に見えない大いなるものへの畏敬《いけい》のあまり、心の底からほとばしる熱い想いが口をついて出る。それこそが宇宙の生命に対する人間の切ない呼びかけであり、その声に旋律、リズムがついていたのであろう。

キリスト教のグレゴリオ聖歌も、黒人霊歌も、神への祈りから始まっている。サンスクリット（梵語《ぼんご》）のシャブダ・ヴィドゥヤの音写《おんしゃ》が声明で、梵唄《ぼんばい》とも呼ばれて、仏教の古典儀式には欠かすことが出来なくなった。

日本の仏教の各宗派にそれぞれ声明があるが、中でも天台声明がもっとも代表的である。慈覚大師円仁《えんにん》が唐から請来《しょうらい》したもので、中国山東省の魚山《ぎょさん》で始められたという故事によって、円仁の伝えた声明は、大原に根を下ろした。そのため、大原三千院の山号《さんごう》は魚山とつけられている。

声明はやがて日本の仏教の法儀《ほうぎ》に欠かせないものとなった。

南座では、平成九年に、南座が有形文化財に登録されたのを記念して、金剛界曼荼羅供《まんだらく》を、舞台で修《しゅう》している。本来、寺院の中や庭で行われる声明が、劇場の舞台で行われたので、はじめて声明を聞き、そのおごそかな儀式を拝した人を驚かせた。

この七月十二日の夕べ、行われたのは、「天台声明、庭儀《ていぎ》曼荼羅供」と呼ばれるもので、大原魚山声明研究会が中心になり、大原実光院《じっこういん》の天納傳中《あまのでんちゅう》大僧正が、導師をつとめ、構成指導に当られた。

これに平安雅楽会の人も参加して、舞台は、荘厳で華麗な法儀が現出して、観客は、千年昔の王朝に招待されたような気持ちになった。

儀式の中で、雅楽の舞人の「万歳楽《まんざいらく》」「蘭陵王《らんりょうおう》」が舞われたので、いっそう華やかであった。

声明こそが、能楽、義太夫節、謡曲から、浪曲、演歌にいたるまでのあらゆる邦楽の原点だということを、もっと人々に知ってほしいものだ。

春へんろ

心には「無明《むみょう》」があり、そこに人間は無限の煩悩《ぼんのう》をかかえている。煩悩の火はめらめらと炎となって燃えさかっていて、心や身を焼き人は苦しめられる。

さまざまな煩悩があるが、一番苦しいものは渇愛《かつあい》だと釈尊は教えていられる。渇愛は男女の性愛といえば一番わかり易いが、男と女だけのことでなく、愛しすぎる愛、過剰すぎる愛といってもいいだろう。それは対象に対して限りなく執着する心である。

人は愛したものを離したくない。奪われたくない。去られたくない。

それが執着の心で、執着心は対象を独占しようとして苦しむ。

この世は苦しみの世だと説かれたのは釈尊である。苦の中には死も、愛する者との別れも数えあげていられる。

何が辛《つら》いといって、愛する者に死別するくらい悲しいことはない。それでも人間には定命《じょうみょう》があって、人の命の長さは本人自身にさえわからない。

老人が先に死ぬとは限らないし、病人が健康者より先に死ぬとも決っていない。死の法則の中には順序がない。

子供が親より先に死ぬことを逆縁といって、死別の中でも、残された親は最も辛い。

去年の秋頃から、寂庵へ来られるようになったHさんは、一人娘を亡くされた。Y子ちゃんは二十六歳になったばかりで、小さい時から可愛らしく、賢く、Hさん夫妻にとっては文字通り掌中《しょうちゅう》の珠《たま》であった。

成人式にはHさんが心をこめた黄金色のお振袖を着て、誰もがその明るい美しさをほめそやした。

その町のミスナンバーワンに選ばれて、立派な会社に採用された。職場でも明るくやさしいY子ちゃんは人気の的で、やがてすてきな男性に誠実な求婚を受け、婚約した。

Hさん夫妻は、娘の晴れの花嫁姿を楽しみにして、婚礼の支度《したく》をしていた。

そんなある朝、いつものように元気よく、

「行ってまいります」

と声をはりあげて出勤したY子ちゃんが二十分もたたないで、車にはねられ、遺体となって帰ってきた。

その日以来Hさんはあまりの悲しさに理性を失ってしまった。Y子ちゃんの骨《こつ》壺《つぼ》を肌身離さず持ち歩いて、誰の顔も見えず言葉も受けつけず、ただ、ただ、号泣しつづけた。夫のH氏は、目を離せば首をくくりそうなHさんから目を離せず、夜もおちおち眠れなくなった。

寂庵に来ても、ただ子供のように泣き叫び、

「Yちゃんは、どこにいるの？　どこに行ったの？　教えて！」

と叫ぶばかりであった。

私の言葉も聞こうとはしなかった。それなのになぜ、寂庵にくるのか。

私は泣き叫ぶHさんの横で方策つきはてて、ただ一緒に手をとって泣くしかな

かった。

自分の無力さをつくづく思い知らされた、私の涙は苦かった。

そういう日が半年つづいていた。

私はある日、思い余ってHさんに言った。

「一緒に巡礼に行かない?」

涙に濡れた顔をあげてHさんはきょとんとした。

「巡礼って、どこへですか」

「お四国へんろをしてみませんか。私も一日か二日、一緒につきあいますよ」

「えっ、先生も行ってくれるんですか」

Hさんの顔が、はじめて灯がともったようにいくらか明るくなった。

「Yちゃんの御冥福を仏さまに祈りながら、四国八十八カ寺を廻っているうちに、仏さまがあなたの心の傷をいくらかでも治して下さるかもしれない。Yちゃんがきっと、一緒にあなたと歩いてくれますよ」

「Yちゃんも、来てくれるんでしょうか」

Hさんは、はじめて、心の窓が少し開き、そのすき間から、風が入ったような、少しさっぱりした表情になった。

その次、Hさんが来庵するまでに、私は御主人と二人分の、巡礼に必要なものを一式ずつ用意しておいた。

すげ笠やずだ袋や、笈摺《おいずる》には、私が二人の目の前で、六字の名号や、同行《どうぎょう》二人《にん》などの文字を書きこんだ。

「同行二人というのは、自分と弘法大師さまが一緒に歩いて下さるという意味だけれど、あなたの場合は、同行はYちゃんかもしれないわね」

と私が言うと、Hさんは子供のように素直なうなずき方をした。

Hさんの御主人の車で出発した。まず、徳島の一番霊山寺《りょうぜんじ》からはじまって、一日で八番熊谷寺《くまだにじ》まで廻った。

今年は至るところの札所《ふだしょ》で大ぜいのおへんろの白衣姿に出逢った。

寺の住職がどこでも、

「今年はびっくりするほどおへんろが多いのです。やっぱり世の中が不穏で、暗いことばかりつづくせいでしょうか」

と言う。それに、今年は、歩きへんろが例年より目立って多くなったという。停年後の御夫婦らしい二人づれが、甲斐〴〵しく歩いている姿は、実に美しかった。

若い人たちも、リュックを背負って、男も女も元気に歩いていた。ピクニックでない証拠は、杖《つえ》を持っているくらいだ。

釈迦も二千五百年前、三十五歳で悟りを開かれてから、八十歳で亡くなるまで、全国を遊行《ゆぎょう》しつづけられている。遊行とは、歩きながら修行することで、その途上で釈迦は多くの人々の悩みや苦しみの相談にのり、病いを治し、人々を助けられている。

「弘法大師の時代から、どれだけ多くの人が歩いたかしれないへんろ道だから、数えきれない人々の涙と汗がこの道にはしみこんでいるのよ。あなたのようにお子さんをなくされた人々も数えきれないほど通った道ですよ」

そんな話をしながら、私たちは、寺々でYちゃんの冥福を祈りつづけた。

私が先に帰洛してからも、Hさん御夫婦は札所を廻りつづけ、とうとう阿波一国二十三番の巡礼を打ち終ってきた。その報告に来庵したHさんの顔は五つも若返り、晴々と、おだやかな表情になっていた。

第五章　旧友、友人との交流

毛皮のマリー

美輪明宏さんの「毛皮のマリー」を、上京してパルコ劇場で観てきた。

去年は「愛の讃歌」を観て、その舞台の迫力に圧倒されて、その晩は眠れないくらいだったが、「毛皮のマリー」も「愛の讃歌」に劣らない上出来の舞台であった。ただし、台本の関係で、美輪さんの歌がないのが残念だった。この作品は天才寺山修司さんが天井桟敷のために書き下ろしたもので、旗揚げの「青森県のせむし男」から三作目に書いたものだという。美輪さんの書いたものによれば、寺山修司が初めから台詞をきちっと書き込んだのは、この二作だけで、あとの作品は筋書きとアウトラインだけを決めて、劇団員やスタッフたちの意見を存分に取り入れながら寺山さんがまとめるというやり方だったという。美輪さんが、この寺山作の台詞の、急いで書き込みの足りないと思われるところ、行間の余白に書かれた情念などを、思うままに埋めていって、今度の舞台にかけたと言っている。大変な自信だが、これも天才美輪さんならこそ出来る行為で、また冥土《めいど》の寺山修司もそれを見て、

「なるほど、そういうことなの、素晴らしくなったじゃない」

と笑って許す仲なのだろう。

今度は四回目の主演だが、演出・美術・音楽・主演という四役を一人で引き受けている。これも並々ならぬ自信があればこそ出来ることで、私は今度という今度、美輪明宏という天才の才豊かさに仰天してしまった。これまでも、只人《ただびと》ではないと思っていたが、舞台の妖《あや》しさ、華麗さ、哀しさ、いとしさに、すっかり世外に魂を引き出されて、心身を陶酔させてもらった。

出演者は男ばかり、妖しい女らしさに輝く毛皮のマリーも、卑《いや》しいなりわいの男娼《だんしょう》だけど、気位が高く上品で、魂は哲学者で、限りなく自由である。

美輪さんの出る芝居は、美輪さんが何しろ個性が強くて、超存在感があるし、演技力も天才的なので、共演者が損をして、美輪さんひとりが光り輝き、他の共

演者が下手に見えたり醜く見えたりするのが、私には唯一不満だった。

ところが、今夜の「毛皮のマリー」の出演者は、揃いも揃って、一人ずつが実に素晴らしい。美輪さんの演出力によるせいだと思うが、美輪さんに選ばれた役者さんたちが、実に優れていたということであろう。

何といっても麿赤児《まろあかじ》さんの存在感は美輪さんに匹敵するほど素晴らしかった。舞台の真中にこの人がすっと立っただけで、妖しい世界がそこに出現してしまう。麿さんは状況劇場にいた今から三十年も昔、唐十郎《からじゅうろう》一座の人々と私の京都の家に泊まって、鴨河原《かものかわら》の芝居をした人なので、昔なじみである。その頃から凄い役者だったが、今夜の下男と、醜女《しこめ》のマリーは絶品中の絶品であった。及川光博の美しさ、清純さ、菊池隆則《たかのり》のセクシーさ、若松武史《たけし》の芸達者、そしてフンドシ男たちのラインダンスのおかしさ、ああ、芝居って、ウソなのに、どうしてこんなにホントの感動が生まれてくるのだろうか。

20代に若返ったベルばら女帝

銀座博品館で、女優さんたちが競演で私の訳の源氏物語も詠んでくれたのが、予想以上に当って主催側も私も大喜びした。

そこでまた再度、そのつづきをやろうという話になり、女優さんたちは一部残って、入れ替り、ほとんど新顔ですることになった。

再度出てくれるのは有馬稲子《ありまいねこ》さんと平野啓子《けいこ》さんで、新顔の中には水谷八重子さんや藤村志保さんたちがいるが、一番びっくりさせられたのが、ベルばらの池田理代子《りよこ》さんがすすんで出て下さるというのであった。

池田さんとは、池田さんが有名になりかけた頃、対談で寂庵へ来て下さったことがある。

初対面の池田さんは、まだどこか少女めいた俤《おもかげ》を残し、ピンクのツーピースを着て、実に初々しかった。

最初？　の結婚直後で、おのろけを聞かされた。

頭のいい人だと思った。そしておのろけの可愛らしさに純情な人だなと好感を持った。

その結婚はあまりつづかず離婚して、その後はうなぎ上りの名声と共に、華やかなラブロマンスが次々に報道され、恋多き女として池田さんの名は定着してしまった。

私は彼女の華麗な漫画の大ファンだ。それに実によく史実を調べあげているのにも感心していた。

何度目かの恋に失意した池田さんの失踪事件が伝えられた時は、ほんとに心配した。純情な人だから自殺でもしたら惜しいと思っておろおろ案じていた。

ところがある日の新聞に、池田さんが大阪のクリーニング屋さんに身分をかくして住みこんでいて、アイロンかけなどしていたというのが発見されたと報じられていた。

心の底からびっくりしたが、そんなことをする池田さんに対して実に可愛い純情な人だと感動した。

私からは何も見舞いも言わなかったが、駆けつけて、背中を撫《な》でてあげたいような気持ちであった。

それからまた仕事にもどった池田さんは、目を見はるような活躍ぶりで、テレビや、雑誌のグラビアで見ると、寂庵へ来た時とは別人のようにゴージャスな感じになって、庶民離れのした雰囲気であった。

才能を全開にして、文字通り咲きみちた真紅の牡丹《ぼたん》のようであった。

そのうち、またまた池田さんは私をびっくり仰天させてくれた。

突如として難関の音大に試験がパスして学生生活を始めてしまったのである。

現在の御夫君のことは、何も知らないけれど、漫画界の女帝の地位に立つ輝しい彼女と結婚したからには、よほど男らしい頼もしい方なのだろうと想像していた。

もちろん、彼女が突如学生生活に戻ることも賛成したのだろう。

人間の潜在能力は、死ぬまでに、ほんの何パーセントしか発揮しないんだそうだ。多くの人は、才能のほとんどを海中に埋めたまま、頭だけを波の上にちょっとのぞかせた氷山のようなものだそうな。

それを教えてくれ、その説を学会で発表し、主張したという外国の学者の名も聞かされたが忘れてしまった。しかし、人間の才能が死ぬまでほんの一分《ぶ》しか現れないという話は納得出来た。

自分のまだひそんでいる才能に、あれほどの大スターになった池田さんがチャレンジするという姿はすばらしかった。

何十年ぶりかであった池田さんは愕《おどろ》いたことに、昔寂庵へ来た時の若々しい表情にかえっていた。着ているものも、他の人々も一緒の記者会見だというのに、さっぱりしたスーツ姿だった。卒業したんですよと、ほんとうに嬉しそうに告げてくれた。ああそうか、学生生活をしてきたからピッカピカの卒業生で、今二十代に帰っているのだとうなずけた。池田さんは末摘花《すえつむはな》が大好きで、それを読んでくれるという。

プリマドンナ

淡谷のり子さんもとうとう亡くなってしまい一段と淋しくなる。美容器のコマーシャルの写真の顔が、急にやせてしまって、さすがの淡谷さんも年寄顔になられたと思ったけれど、相変らずそのコマーシャルをつづけていられるので、まだまだ気持ちは若くて大丈夫なのだろうと思っていたのに。

私はなぜか淡谷さんに好かれて、有髪の三十年も前から、度々対談させていただいたり、淡谷さんのお祝の会には、あちらから請われて、二度ほどステージに上って祝辞を申し上げたり、トークのお相手をしたりした。

いつでも淡谷さんは大輪の花のようにあでやかで美しく、豊かで、パワー満開だった。

お会いすると、淡谷さんのパワーのシャワーを浴びるので、こちらも元気になった。

何といっても忘れられないのは、最初の対談の時で、私は四十代のはじめで、淡谷さんは五十代の女盛りであった。

ピンクのネグリジェのようなふわふわしたドレスを着て、舞台とはちがうさっぱりしたお化粧をしていられた。

その肌はあくまで白くすき通るようで美しかった。

淡谷さんはその時、終始機嫌よく話された。

演歌が大きらいだと発言され、

「この頃の子供みたいな歌手の歌うのが聞いてられないわよ。大抵、音程もしっかりしていないし、歌詞ときたら、およそ詩的じゃないでしょ。カボチャ畑のお月さまみたいな歌、どうして歌えるの、やっぱり歌詞はちゃんとした日本語の品格のある詩でなければだめよ」

とののしった。聞いていて小気味がいい毒舌だった。その頃流行歌手として非常に人気のあった美人歌手をコテンパンにこきおろした。あの人はね、およそ美意識とか美的センスとかがない女なのよ。イヴニングのドレスの下に寒いからって、とうちゃんのトトパッチはいているのよ。ええ、あたし、楽屋で見たんだもの、プリマドンナのすることですか。それに、とてもケチで、いつもとうちゃんの持ってくるたくあんの弁当を、ふたりでボソボソ食べるのよ。たくあん臭い口で、恋の歌が歌えると思う？　あたしなんか、恋の歌を歌う時は、自分が世界一美女のつもりで歌うの、もちろんドレスの下にズロースなんてはきませんよ。あたしの服はバイヤス仕立てで、体の線がくっきり出るから、ズロースの線なんか出たらおジャンでしょ。それくらいの心がけがなけりゃ、プリマドンナにはなれないのよ。

あんまり話が面白いので私は笑いころげていた。ふっと、結婚した時、籍を入れなかったという話を思い出し、

「それは、『青鞜《せいとう》』の影響を受けて、旧来の結婚の習慣に従わないというお考えからでしょうか？」

とお伺いをたてたところ、両手を顔の前で振って否定された。

「そんな高邁《こうまい》な思想性なんてあるものですか。どうせ、この結婚は長くつづかないだろうなという予感があったから、籍を入れたり出したりする手間がめんどう臭いと思って、はじめから入れなかったのよ」

と言われた、実にあっけらかんとしていた。

「男はいた方がいいけど、もう結婚はいやね。歌をつづけるには、亭主は邪魔よ」

ときっぱり言う。その時、ふっと身を乗り出して、私に子供はいるかと訊《き》かれた。

「一人娘がいます、育ててませんけど」

と言うと、実に優しい表情になって、

「それはよかった。子供は産んでおくべきよ。あたしが化粧した顔を見たら、近所の子供は怖いって泣き出すのよ。でもあたしの娘は、『ママ、きれいになったわ』って言うの、子供はいいものですよ」

あの元気で華やかだった淡谷さんが私はなつかしくてならない。

コブナ少年のいとしさ

横尾忠則さんが久しぶりに小説を書いた。『コブナ少年』という題の、自伝小説である。

この本を小説というと横尾さんは照れて怒る。小説なんてヤボなものは書かないと言いたいのだろう。しかしこの本はれっきとした自伝小説として、すぐれた作品である。

横尾さんは、絵の天才だが、一芸に秀でた者は諸芸に通じるという言葉通り、何をしても、こと芸術ならほとんど、玄人《くろうと》はだしにこなしてしまう。

ずいぶん前、井上光晴さんが、横尾さんの文章を何かで見て、絶対小説が書けると見こみ、無理矢理横尾さんに小説を書かせ、自分の発行していた雑誌に載せたことがあった。

その小説は、本当に瑞々《みずみず》しい感性と、のびやかな文体で、横尾さんは小説家になっても立派にやっていけることを証明していた。

それでも横尾さんは、絵の方が面白いと言って小説はその後書かなかった。随筆は頼まれることが多いらしく、割合まめに書いている。どれも独特の視点がユニークでいい文章だった。

今度の『コブナ少年』は、横尾さんの生い立ちを、二歳の記憶から書きおこし、西脇、神戸と居を移し、神戸新聞社のデザイン部に勤め、そこでめぐりあった女性と、たちまち同棲して、結婚する。一つ姉のグラマーで、大母性型の包容力のある女性、エキゾチシズムのある美女、即《すなわ》ち、横尾夫人である。横尾さん二十、夫人は二十一歳の時であった。

プロポーズは横尾さんが、

「結婚しない?」

と口をきった。二人の結婚生活が始まってから、横尾さんは安心して仕事に熱中する。そのうち、横尾さんは自分の才能が、神戸にも関西にも落ち着けなくなったことを感じ、いよいよ東京に進出する。

話はそこで終っている。いわば天才の生まれるまでの青春物語といえようか。この本を読みはじめたら、やめられない。一気に読み通して、実に後味がいい。美味しいものを食べた後に甘い唾《つば》がじっとり口中に湧いてくるような、あの感じである。

この本には幼年時代から二十までの、横尾さんの、正直で赤裸々なヰタ・セクスアリスが書きこまれている。それが実に爽やかで濁りが全く感じられない。横尾さんの人柄のせいであろう。はじめてのキス、はじめてのセックス、何を書いても不思議な清潔感がある。

義母との不可思議なエロティックな行為も、小鳥の青空の下での交尾を見るようにすがすがしいのだ。

なぜ今、六十歳を越え、四十数歳にしか見えない、世界に名をとどろかせた芸術家の横尾さんがこれを書いたのか、書く気になったのか、そのことに興味がある。岡本かの子は人間、四十になれば根に帰ると言った。人より若々しいこの天才は六十になって、ふと、自分の根に帰ってみたくなったのであろうか。

中坊公平さんの涙と鼻水

二〇〇〇年問題も、空騒ぎに終り、まあのどかな年の初めであった。例年通り、大晦日《おおみそか》は天台寺で鐘を突き、餅をつき、修正会《しゅしょうえ》を勤め終った。

続々と元旦詣りの人々がつづくので、境内《けいだい》では焚火《たきび》やかがり火をあかあかと燃やし、一人一人と挨拶を交わし、握手をする。

晋山《しんざん》以来、十五回目の正月で、よくも一回も欠かすことなく勤めあげたものと、われながら感心する。ただし、あといつまでつづくことかと、焚火の炎をながめてしまった。

私が天台寺にいるのに、NHKの総合テレビで、二〇〇〇年元日の午前一時半から、寂庵からの放送が映っている。

天台寺の食堂でそれを観る。暮に撮ったもので、中坊公平《なかぼうこうへい》さんと安藤忠雄《あんどうただお》さんが、寂庵を訪ねてくれ、三人で二〇〇〇年について語るという段取りであった。

夕方五時半から、夜の十時まで、夕食もぬきの長丁場だったので、七十七の私を最年長者として、中坊さん七十、安藤さん五十八の老齢者たちは、さすがに疲れてしまった。

ただし、中坊さんの話が、実に有益だし、面白いし、感動的なので、進行係りの私は疲れる閑《ひま》もなく、感激のしっ放しであった。

座りつけない安藤さんが、とうとう途中で、腰痛をおこし悲鳴をあげてぶっ倒れてしまう。シップをしたり、撫《な》でたり、大騒ぎの一幕もあったが、それでもどうにか撮り終えた。

森永ヒ素ミルク事件や豊島《てしま》の廃棄物事件について語り出すと、中坊さんは御自分で泣きながら、その被害者たちについて話してくれる。私ももらい泣きしてしまい、それがテレビの撮影中であることをすっかり忘れてしまった。

困ったことに、中坊さんは涙が出ると、鼻も出るという体質であるらしい。鼻水が左の鼻の穴から流れ出るのに、御本人は全く気づかないで喋《しゃべ》りつづける。私としては、それを知らせたものか、どうか、おろおろ迷うけれど、カメラは廻りつづけているし、中坊さんの話は益々熱を帯びてくるので、止めようもない。ついに鼻水が唇まで達した時、ようやく中坊さんが気づいてハンカチを出し拭《ふ》いてくれた。ホッとしたとたん、自分の涙を拭《ぬぐ》おうとした私は、袂《たもと》にハンカチを入れるのを忘れたことに気づいた。仕方なく、自分の両手でごしごし涙を拭いたら、ばっちりその様子を映されていた。

森永ミルク事件の被害者で脳を冒《おか》され十七歳で死亡した少年が生涯三つの言葉しか覚えなかったという。オッカア（母）マンマ（飯）はお母さんがくりかえし教えたが、三つめのアホという言葉は、外へ遊びに行く度、世間が少年に浴びせた言葉で、自然に覚えたのだといって、世間の非情さに母親が泣いたという。放映されたテレビを観ても、やはりその場で私は泣いてしまった。

一緒に観ていた檀家《だんか》の人々も泣いていた。

元日の行事を終え、夕方から八甲田山の近くの秘湯谷地《やち》へやってきた。

雪に包まれた鄙《ひな》びた温泉が、満杯なのにびっくりした。ここは私がよくこもって源氏物語の仕事をした温泉なので、どこよりも落着く。去年の働き過ぎの疲れが、芯からとれて、全身が軽くなってきた。

一月の末にはインドへ発つので、これで英気は充分養われた。寂庵へ電話をいれると、あちこちから、三人のテレビが非常によかったという感想が届いていた。私の司会はハチャメチャだったが、中坊さんのあのすばらしい話を引き出し、聞けたという点が、まあお手がらということだろうか。

陽気な桜守

佐野藤右衛門《さのとうえもん》さんとは、先代からのおつきあいである。二人とも忙しくて、日本一すばらしい嵯峨に居住しながら、年中、どこかへ出かけていて、ゆっくり嵯《さ》峨《が》野《の》の四季の美しさを味わう閑もない。したがってめったにお逢いすることはない。

それでいて、たまに会うと、昨日会ってまた会ったような自然さで、「よう」「よう」という調子となり、たちまち話が核心に入っていくから不思議である。

先代の藤右衛門さんは無口で、ひたすら御自分の仕事だけに熱中なさる方だった。私は奥庭にむしろをひろげ、そこに苗木をいっぱい並べて、一つ一つ点検しながら剪定《せんてい》したり、根を整えたりしている姿を、傍《そば》に坐りこんで眺めているのが好きであった。

先代のそんな時の様子は、まるでわが子の体を撫でまわして可愛がっているような慈味にあふれていた。

「桜がそんなに可愛いですか」

と問うと、ちょっとはにかんだ表情で、

「そりゃもう、自分で育てているもんだから情が移りますわなあ」

とつぶやかれる。

私はそんな時、選んでもらって、二尊院《にそんいん》桜の苗木をわけてもらった。普賢象《ふげんぞう》桜ともいい、花の蕾《つぼみ》が長くて、下に向かって八重の花が咲く。他の桜より遅く咲くが、色が濃いので、咲くと華やかになる。それが寂庵に移ってから、もう二十数年になるから、大木になっている。

今の藤右衛門さんは、お父さんよりずっと陽気で社交的で、仕事のしぶりも積極的である。

国内だけで桜への情熱がおさまりきらず、外国へもどしどし出かけて行く。会うと、はじめから陽気な冗談が飛びだし、まわりの空気まで、ぱっと明るくなる。先代から丹精されている佐野家の道路に面したしだれ桜の美しさは、天下絶品で、桜の咲く頃になると、その夜桜を見るため、多くの人が遠くからやってくる。

佐野さんはその桜を見てもらうため、灯をともしてくれる。以前は焚火の炎の中に滝のようにしだれている桜が浮び上り、その美しさは妖しく、魂を吸いこまれるようだった。今は電気の照明になったがそれはそれでまた美しい。

佐野さんの話では、桜はたえず愛情をそそぎ、まめに手当してやらないと、すぐ美しさに衰えをみせるという。

「まるで女みたいなのね」

というと、無邪気な笑顔になって、

「ほんまや、女と同じや」

と御機嫌になる。

桜が病気らしいと訴えると、日本国中はおろか外国まで手弁当で飛びだす情熱は、何事にも開けっぴろげで陽性である。

この二代目藤右衛門さんに選んでもらった寂庵の桜は、山桜と、鬱金《うこん》桜と、しだれ桜である。

三本とも大きくなって、春には艶を競っている。

藤右衛門さんは陽気なくせに、派手な染井吉野が大きらいなのが面白い。桜の中で一番いいのは山桜だという。

私もその説に賛成で、山桜の品の好さと、素朴な美しさは、桜の女王だと思う。

私が敦賀《つるが》の女子短大の学長に就任した時、校門脇に記念として二本の八重桜を植えてもらった。

その時、佐野さんは、自分でそれを車で運んで、自分で植えてきてくれた。

四年で学長をやめてから、もう十年にもなる。ずいぶん大きくなって毎年花を咲かせているると便りに聞きながら、見に行く閑がない。

佐野さんは、座談会やテレビ局で会うと、

「さ、祇園へ行って、女の花見をしまひょ」

などと、浮き浮き言うけれど、遊び好きを気どっていうだけで、根は真面目で堅実な人だと私は見ている。

生きた花見で花の女に溺れるような人は、本当は地味で根気のいる桜守《さくらもり》などがつとまるわけがないからである。

「一ぺん、いっしょに祇園でぱあっと呑みまひょな」

それが挨拶となっているが、その挨拶の陽気な声を聞くだけでも、心が明るくなるから不思議である。

今では息子さんも桜守を志して、堅実に仕事をしているという。桜好きにとっては、頼もしい桜守の家系をいつまでも絶やさないでほしいと祈るばかりである。

わたし風です光です

後藤信子さんは、私の友人の一人である。一九二〇年、大正九年九月生まれだから、私より二つ年上、今年七十九歳になる。

いつ頃からか、何となく寂庵へ来るようになった。離婚して、息子さん一人つれて、母子家庭である。女手一つで息子さんを育ててきた。その間の苦労については語りたがらなかった。

しかし尼になりたいと思いつめていた。私はそれに反対した。六十六歳から絵を描きはじめた。それには双手をあげて大賛成した。信子さんの絵はアブストラクトだった。それにはびっくりしなかった。それまでのつきあいで、地味な年より老けて見える女人の中に、何か烈《はげ》しいもの、水をあげきらない花の悶《もだ》えのようなものを感じていたからである。

信子さんの絵は、たちまち認められ、展覧会を開くと、ファンがついて買い上げてくれるという。信子さんは絵に没頭して、孤独な生を忘れているように見えた。育てあげた一人息子の家庭とは行き来がとだえていた。世間によくある例である。母子家庭に育った息子さんは自分の家庭を、何より大切にした。個性の強い母は家庭に不協和音を立てるのだろう。

孤独に負けないけなげな信子さんにガンがとりついた。医者にはあと半月と宣告された。膵臓《すいぞう》ガンは手術しても助かる率が少いとも言われた。

その日から信子さんは死支度を急いだ。

あと三年生きたかったと思いながら、身の回りからあらゆる物を捨てていく。

私はそんな信子さんに、

「飛ぶ鳥、跡を濁したっていいのよ」

とつぶやいた。

突然、信子さんから、最期の本を出すと言って詩句集「飛天」のゲラ刷りを送りつけられた。いつの間にか信子さんは詩も書き、俳句も作っていたのである。

私と親しくなっても、そういうことは言わないので、私は知らなかった。詩は新《しん》川和《かわ》江さんが認め、俳句は「海程」に入り、金子兜太《とうた》氏に師事している。

詩集はすでに三冊も出していた。

兜太師から、

「生きとおす北上川の鮒《ふな》のごとく」

という献句をいただいており、山田太一、新川和江、武田伸一の諸氏が心やさしい文章を贈られている。

「一体、私にどうして書かせてくれないの」

と私は本気で怒った。そんな水くさい仲かとつめよった。

「あら、だってお忙しいでしょう」

と涼しい顔で言う。私は無理に十枚の文章を送りつけ、本の中に割りこませた。

こうして『飛天』が出版された。死の宣告を受けてから、死までの生き方をどう暮すか、人は生きていることそれだけで、いかに尊いかということを信子さんは身を以《もっ》て示してくれた。

人は死ぬ瞬間まで自分を見限ってはならない。絶望するのは人間の傲慢《ごうまん》なのだと信子さんは教えてくれた。

たまたま、今、故上田三四二《みよじ》氏を敬愛してやまぬ人々によって発行されている「上田三四二研究」という小雑誌の三号が届いた。これは「三四二忌維持会々報」として発行されているものである。上田氏は歌人で、評論家で、最期には小説も精力的に残された。私は氏の評論家の面で、自分の未熟な作品に好意的な評を度々いただき、そういう面では、不当に不遇だとひとりすねていた頃に、どれほど励まされたかわからない。心で恩人と感謝している方である。氏もまたガンの宣告後からいよいよ心澄ませ、身も心も透明度を極めた。魂の張りつめたみごとな作品を残されている。

「存在のうるはしくしてうるほふを神の嘉《よみ》したまふかぎりとおもへ」

後藤信子さんは、

「冥福なんてわたし風です光です」と高らかに歌う。

愛妻への殉死

江藤淳《じゅん》さんの自殺は衝撃的であった。その深夜、出版社からの報を受けたのは東京のホテルであった。絶句したがなぜかやっぱりという想いがわき上がってきた。

江藤さんが最愛の夫人慶子さんをがんで亡くされたのは昨年十一月だった。今年、文藝春秋五月号に「妻と私」というより、「闘病記」というより、愛妻家の子供のない夫の献身的「介護記」というものを発表されていた。

それを読んで、涙なしには読めない介護ぶりに、驚嘆すると共に、あの若い時から怖い者なしという自信家の筆鋒《ひっぽう》鋭い批評家の中に、こんなやわらかな優しい傷つき易《やす》い心と、熱い愛がひそんでいたのかと、衝撃を受けた。

江藤さんはがんの告知を自分ひとりで受けとめ、夫人には最後まで伝えなかった。どんなに苦しかったことだろう。その責任は自分で負うと断言していた。自分の体調の悪さをかばうひまもなく、入院中の夫人の介護に尽したので、慶子さんが亡くなった時は、江藤さんの病気が限界にきていて、親しい出版関係者たちは、お葬式をつづいて出すことになるのではないかと案じたほどだったという。

その危機から奇蹟的に立ち直ったのは、亡妻の「もっと生きて仕事をしなさい」という声を聞いたからだと、手記の中に書かれていた。

江藤さんの手記を読み終った時、私はひそかに遺書のように感じた。これほど全身全霊で愛していた人を死なせて、果して江藤さんはひとりで生きてゆかれるのかと強い危惧を感じさせられた。

それに「妻と私」の中の江藤さんや、その文章は、あまりに人間的で、鋭い理論で人々を圧倒する強い批評家の江藤さんはいなかったからだ。

その後、すっかり元気を取り戻されたように見えた江藤さんが、六月に脳梗塞《こうそく》の発作に遭《あ》い、入院し、退院して日も経っていなかったことを、私は江藤さんの死後知った。

また新しく「幼年時代」の連載を「文學界」にはじめられたばかりだったので、よかったと陰ながら喜んでいたところであった。

死後発見された江藤さんの短い遺書は、文語体で書かれていたのが印象的だった。

わずか七十五字の遺書は、一切の無駄がなく、決然としていた。「心身の不自由は進み、病苦は堪《た》え難《がた》し」というだけで、ひとりで病気と闘っている江藤さんの肉体の苦痛と、心の孤独が痛烈に伝わってくる。「自ら処決して形骸を断ずる所以なり」という文章に、江藤さんの本来の強さが戻っている。誰にこんな文章が書けるだろう。思わず三島さんの最後を思い重ねてしまった。江藤さんの死を愛妻の介護疲れが引きおこした心優しい夫の殉死《じゅんし》、と受け取ることも出来る。この一年の三万人の男の自殺者の中に、江藤さんの死も数えられてしまうのか。

辻井喬さんの秘密

ミレニアムの年も押しつまった十二月六日に、本願寺主催の親鸞《しんらん》賞の授賞式とパーティーがあった。

本願寺は、すでに六年前、蓮如《れんにょ》賞を設定している。これはノンフィクションの作品に与えられるものだが、今年は親鸞賞を設け、こちらは小説に与えられることになった。

第一回の受賞に選ばれたのが、辻井喬《たかし》さんの『沈める城』であった。選者の一人として出席した私は、加賀乙彦《おとひこ》さんや黒井千次《せんじ》さんと一緒に出席した。授賞式は東山浄苑《じょうえん》の仏前で厳《おごそ》かに行われたが、パーティーは都ホテルで盛大に進行した。

私は辻井さんとの初対面は三十数年前になる。大宅壮一《おおやそういち》氏に指名されて、中央公論の座談会に出席した時、私同様大宅さんのお名ざしで出席していたのが当時の堤清二《つつみせいじ》氏であった。もうその頃から堤さんは実業界で名を知られた人であった。その日は何の座談会か忘れてしまったが、大宅さんひとりの独壇場で、私共二人はただただ御高説拝聴という形であった。

堤さんは地味でおとなしく温厚な人柄に見えた。ほどなくセゾングループをひきいる実業界のトップに立つその道の天才とは見えなかった。あくまで慎ましやかな応答ぶりから、私は自分よりはるかに年下の人だと決めこんでしまった。私は本来そそっかしくて、よく人の年齢を読みちがえるのだが、その後、度々お目にかかっても、最初の印象が強く、堤さんの立場がどんな大物になっても自分の印象を変えなかった。

そのうち、ものを書き出されたが、詩人として覚え、その詩に心を打たれ、実業家と詩人の二つの面をこなしている才能に驚いていた。詩人はいつの間にやら、小説も書きだした。ライバルは一人でも少ない方がいいので、こんな恵まれた人は道楽もほどほどにしてほしいと横目で睨《にら》んでいたら、この人はいつ、どういうふうに時間を使うのか、相変わらず経営者でありつづけながら、旺盛な活力で次々に、大作ばかりを発表し、あれよ、あれよという間に大きな文学賞を矢つぎ早に掌中《しょうちゅう》に収めてしまった。もはやれっきとした小説家になったのに、文学者の集うところなどに出ると、いやに新米顔して、ひかえめでへりくだった言動をするのが、うさん臭く、私はこの人物は相当根性ワルではないかと思った。いい小説を書くには根性ワルの方がいいに決まっている。紫式部の例を見よ。私なんかは人が好《よ》すぎるからこの程度なのである。

そして見事親鸞賞の第一回を手に入れてしまった。何でも第一回というのは縁起がいい。生まれたばかりの親鸞賞も、こういう大物に受賞してもらってはじめからどっしりと箔《はく》がついた。

パーティーで近くに座ってつくづく眺めたら、この人は三十数年前と、ほとんど変わらない。顔もしみ、皺《しわ》一つなく艶々《つやつや》として、髪はたっぷりあってしかも黒々と輝き、白髪一本もないではないか。三十数年前は老けて煤《すす》けていたのだろうか。声もはりがあって若々しい。

先日ある会で出合ったとき、すっと寄って来て、

「ようやく書くこと一筋の生活ができる立場になれましてね。嬉しくて仕様がない」

と囁《ささや》いた。ほんとうに嬉しそうに若々しく見えた。小説を書きたいために、わざと事業に失敗してみせたのだろうか。それくらいのことはやりかねない複雑な人だ。ところで、あんまり、髪の毛が美しいので隣の席になった夫人に、染めているのかと伺ったら、

「いいえ、染めてないんです。目もよくてめがねなしで新聞も読めるんです」

とおっしゃる。仰天してその健康のわけを訊いたら、毎朝、レンコンのしぼり汁を三十年も、夫人が呑ませているのだそうだ。このヒミツを本に書けば、賞はとれないけれどベストセラー疑いなし。下半身にも効いていますか、と伺ったら
「さあどうでございましょうね」と美しい夫人は艶然《えんぜん》と笑みこぼれられた。

ちなみに、今度はじめて知ったが、辻井喬さんは、御年七十三歳、私よりわずか五歳しか年下ではない。

第六章　世の中、社会について思うこと

少年と老人

十七歳の少年のバスジャックが世間を騒がせた。その少し前にはやはり十七歳の愛知県の少年が人を殺してみたかったという理由で殺人を犯している。神戸の十四歳の少年の年下の友だち殺しの事件で、私たちが驚愕《きょうがく》させられたのはつい、昨日のように思うが、はや三年過ぎようとしている。あの少年も現在十七歳のはずである。

今度の二人の十七歳の殺人者は、二人とも優等生だったという。理由はそろって、殺人の経験がしてみたかったというのだから呆《あき》れる。

バスジャックの犯人の両親は説得に呼ばれて、説得する自信がないと言ったという。これも解《げ》せないことで、自分の子供が幼い女の子に刃物をつきつけ、乗客を刺しているのだから、自分の命と引きかえに説得しようとするべきではなかったか。

少年の日頃の家庭内暴力に親が脅《おび》えきっているのだ。

少年法を、今の少年犯罪者はみんな知っていて、捕まった後の刑の軽さも計算ずみなのだ。

そもそも、何歳までを少年と言えるのか、戦後の子供は、食物が西洋風になって、バターやミルク、肉食をふんだんにとっている。体の成長度は、戦前の子供と比較にならない。子供の方が父親より体力も強くなっているから親は恐ろしいのだ。体力につれて性欲も戦前並みに考えてはならない。今の十七歳は数えで十八歳だ。戦前の十八歳はもう少年とは呼ばなかった。

少年ということばのイメージは、私の世代では、せいぜい十一、二歳まである。それから後は青年と呼んだ。少年ということばにこめられた可愛らしさや無邪気さは今の十七歳のどこにあろう。

昔は男の子は十二歳で元服した。光源氏《ひかるげんじ》も加冠《かかん》の儀は十二歳で、その夜、結婚している。数え十七歳の時、源氏は生涯で最も盛んにラブハントをしている。

いわば当時の不良青年だったわけである。しかし、人を殺したり刀を抜いて傷つけたりはしていない。源氏物語には暴力場面がない。

人間にはしてはならないことがあると教える家庭の躾《しつけ》がなくなってきたから、こういう甘やかされた大人でも子供でもない自分に責任の持てない青年がとんでもない犯罪を起こすのだ。

十七歳はれっきとした大人である。そう考えて、自己責任をとれる人間に教育することが、何より緊急に必要なことだろう。殺せば、自分の生涯をかけてつぐなうのが当然だと教えるべきである。人間は性善と同時に、性悪の要素も持っている。インドでは罪のないのは五歳以下までの子供と認めている。読書の習慣を失った子供たちは、想像力がなくなっている。やってみないと、物事の結果を想像することすら出来ない。人の痛みも苦しみも察する能力もない。

そんな半端な人間ばかりを戦後の教育が作ってきたのである。

一方、老人問題が山積している。これもいくつから老人と定義するのか考えてみる必要がありそうだ。今では五十代は女の花盛りで、六十の男女で自分を老人と思っている人はいないだろう。もっと働きたいのに定年退職しなければならない。体力も智力もまだ十分あるのに、働かせてもらえない矛盾をかかえている。かと思えば、九十すぎても病体でも権威にしがみついている政治家も少なくない。今度、多くの七十代以上の政治家が自ら身を引いたのはいいことだ。気がつかないで思考力が退化しているのが老人の現象である。自分の老いぼけに気づかないのが、老人になったということである。今の日本は少年と老人を甘やかしすぎている。つまり、壮年がしっかりしていないということだ。

聖職者の復活こそ

最近、頻々《ひんぴん》と報道される大学助教授のセクハラ事件や、ワイセツ写真を売ったなどという破廉恥《はれんち》事件に、開いた口がふさがらない。

助教授のみでなく、かつて立派な教授が、女子学生との不倫を学生側からセクハラとして訴えられ、長い学究生活も、教育者としての名誉も棒に振ってしまった事件が報じられたのは何年前だっただろうか。教師も博士も人の子だから、煩《ぼん》悩《のう》があるのも、道をふみ迷うことがあるのも仕方がないが、教養とか、知性でその煩悩や迷いをコントロールするのが真の教養人であり、人格者なのである。

人を教える立場の職業についた以上は、当然、世間の人々より、自らを律することに厳しくする覚悟で臨むのは当然であろう。

自分の教える女子学生の生活費を豊かにしてやりたいという目的で、その学生と自分とで演じたワイセツ写真を、インターネットを通じて売っていたという助教授の事件は、世紀末の年の瀬にきて、まことに前代未聞なようなみっともないニュースであった。

小学校の先生であれ、大学の教授であれ、ただ、生徒や学生に、知識の切り売りをするのが役目であるはずはない。

教職者は本来聖職者であった。

聖職者とは教師、医者、僧侶（神父、牧師）と私は思っている。しかし、今や、聖職者たちは、経営に走って、本来の職務の尊さを忘れている。

彼等が人から尊敬され、その職業を聖職と呼ばれていたのは、彼等が人の命を救い、肉体の苦しみを和らげてくれる医者であり、心の悩み苦しみを聞いてくれ、心の痛みを癒し、死への恐怖をのぞいてくれるからであり、教師は、知識と道徳を教えてくれ、生きる知恵を育んでくれるからであった。

その上、彼等は富や貧乏や身分で人を差別せず、平等に扱ってくれた。医者も、金のないものからは治療代も取らず、薬も無料で与えるような、慈善をほどこす人が多かった。

いつの間にか、彼等は申し合わせたように本来の職務の神聖さを忘れ、自分の懐《ふところ》や、病院や、学校や、寺の経営が楽になることだけに熱を入れてしまった。

誰もそういう人を尊敬せず、聖職者とみなさなくなった。

今、世の中を少しでもよくする方法は、もう一度、聖職者が復活することだと思う。あらゆる職場では、資格審査が行われる。三つの聖職にたずさわる者は、最も厳しい資格審査を経てからその職につくことを許されるべきであろう。審査官は、庶民の声であり、裁くのも庶民の声でなければならない。政治家も弁護士もまた、本来は聖職者のはずであったのに。

犯罪被害者の会を支援する

今年一月二十三日、「犯罪被害者の会」というのが結成されている。これは、もと日弁連副会長でもあった岡村勲《いさお》弁護士が犯罪被害者となり、同じ犯罪被害者たちと話し合ううち、止《や》むに止まれない心情から結成した会である。

岡村氏は、このいきさつを、文藝春秋七月号に痛憤の手記を発表して、世間に公表した。

「私は見た『犯罪被害者』の地獄絵」というものものしい題は、編集部でつけたのかもしれないが、一読すれば、この大仰《おおぎょう》な題が不自然ではないことに驚愕するし、公憤を禁じ得ない。

岡村氏は平成九年十月、夫人を西田という男に殺害されている。加害者は自分が証券会社を恐喝未遂した罪で、懲役二年、執行猶予四年の判決を受けた。その裁判で、証券会社の代理人となった岡村弁護士を逆恨みしてつけ狙い、果たせなかったので、何の罪もない岡村夫人を宅配便業者を装って家に侵入し、いきなり殺害したのである。岡村氏は、この事件の公判に出席して、はじめて犯罪被害者の席に座り、いかに現在の裁判が、加害者の人権ばかりを気づかい、被害者に対して非情で、無視されているかということを実感した。裁判の基本的な資料は一切被害者には渡されないから、どうして殺され、被害者が、何と言って死んでいったのかもわからない。

裁判の傍聴が唯一の手がかりなのに、裁判の日も一方的に決められるから、行けないこともある。

殺された被害者の遺影を持って傍聴席に入りたいと言っても、加害者にプレッシャーがかかるという理由らしく許されない。

裁判で加害者が自分に都合のいいでたらめを作って言っても、それは否定出来る被害者は死亡しているのだから反論の仕様がない。どんな侮辱《ぶじょく》的な言葉を加害者から浴びせられても泣き寝入りである。加害者には国選弁護人がつく。それに国が支払っている費用は平成十年度約四十六億七千万円で、被害者は弁護士を雇うとすべて自己負担になる。

判決に至るまで加害者のために使う費用は平成十年度で百億円を超えているという。すべて国民の税金でまかなわれている。留置場、拘置所での食費、被服費、医療費一切の計算だという。刑務所などの全予算は二千億円とのことだそうな。

犯罪被害者の方は、国が出す見舞金だけで百五十三人（うち死亡者百五十一人）に対して約五億七千万円の涙金にすぎない。まだまだ被害者の痛憤はつづく。

犯罪被害者を受け入れる病院が極めて少ない。

マスコミの暴力的な取材、心ない報道姿勢、等々。岡村弁護士の手記は極めて冷静に秩序整然と書かれているだけに、その真実の告白のすさまじさに慄然《りつぜん》とする。

岡村氏は同じ被害者たちと語《かた》って会を設立した。その趣旨を汲《く》んで、有志が集まり「犯罪被害者の会を支援するフォーラム」を結成し、一大キャンペーンを展開することになった。
私はその発起人代表に名を列《つら》ねることにした。

ハンセン病訴訟「控訴せず」

私の故郷の徳島では一年中「お遍路《へんろ》」が歩いていた。遍路は遍土とも呼ばれた。「おへんろ」には親しみと尊敬の気分がこめられ、「へんど」と呼ぶ時には、ある種の蔑《さげす》みと差別感が感じられた。「おへんろ」は、みんな白い浄衣《じょうえ》に身をつつみ、清潔なすげ笠をかぶり、たいてい群れになって、四国八十八カ所の札所《ふだしょ》を巡っていた。その人たちにとっては遍路は信仰の行《ぎょう》であると同時に、公然と許される楽しい行楽の旅でもあった。彼等の腰の鈴のりんりんとさわやかな音が、町角から近づいてくる時、子供の私は、ああ、春が来たと思ったものだ。

「へんど」と呼ばれる人はたいていて一人でひっそりと歩いていた。ぼろぼろに破れた笠を目深《まぶか》にかぶり、ちびた杖《つえ》をつき、浄衣は鼠《ねずみ》色に汚れきっていた。手甲《てっこう》も脚絆《きゃはん》も破れていた。彼等は家々の戸口に立ち、物乞いをした。金銭や食物を恵まれる時は、柄の長い木の杓《しゃく》をさし出してそれに受けた。柄を握る指もなくなり、すりこぎのような手に、杓の柄をひもでくくりつけている人もいた。母はおへんどさんに布施をする時、子供の私にその役目をさせた。その時は必ずおへんどに掌《てのひら》を合わせるように教えた。

「わたしたちの代わりに、辛《つら》い病気になって苦労してくれてるから」といつも言った。その当時、寺や神社の参道には、手足や目や鼻を、病で失ったおへんどが、もう歩く力もなくなり、地べたにずらりと坐《すわ》りこんで物乞いをしていた。

らい病という病気の恐ろしさを、その人たちから覚えた。今から七十年ほど前の当時、らい病は遺伝だと信じられていた。らいにかかると、家族は病人を遍路に出す。わずかの金を与えて、死んでも帰ってきてくれるなと、言いふくめた。棄民にされた遍路は、どんなに望郷の念にかられても、家へ戻ることは許されなかった。路上で行き倒れて死ねば、その地に埋められ、土饅頭《どまんじゅう》の上に笠を伏せ、杖を立て墓にされた。杖には本来、住所、姓名を書くが、彼等は決してそれを書かなかった。

らいは業病《ごうびょう》とも呼ばれて、ひたすら恐れ忌《い》み嫌われていた。

女学校の二年の時、『小島の春』を書いた小川正子《まさこ》さんが講演に来て、らいはノルウェーのハンセン氏が菌を発見して以来、ハンセン病と呼ばれていること、遺伝ではなく、伝染病であることを熱っぽく話した。彼女の話は、伝染病である以上、ハンセン病患者は、隔離して養生させ、感染しないように人々の意識を改めるべきであるという内容だった。病人を見つけて、療養所に送りこむ仕事の辛い経験を例にあげて様々に話した。感じ易《やす》い女学生は、みんな泣いて、その話を聞いた。

それは三十七、三十八年頃のことであった。らい予防法（旧法）が制定され、隔離対象が全患者に拡大されたのが、三十一年だから、小川正子さんがその必要性を説いて全国を廻り、巡査が山奥までらい患者を探しては、発見すると即、療養所に強制収容していた時と重なっている。幼い子供でも親元から引きもがれるようにして療養所に入れられ、家族は差別され、悲劇は絶えなかった。

新薬プロミンによる治療が功を奏し、ハンセン病が完治する病とわかってからも、患者たちの法改正要求は認められず、かえって五十三年にはらい予防法（新法）が制定され、患者たちの自由と尊厳は認められず、不当な差別は一向に改められなかったのである。らいは伝染病ではなく、正しくは慢性細菌感染症で、伝染力の非常に薄いものだということも一般には余り伝わらなかった。

今回のハンセン病患者や元患者たちの訴訟が、五月十一日、熊本地裁で全面勝訴したことが、どれほど患者や元患者に人権回復の喜びを与えたものかは、ハンセン病と無縁で生きてきた健康者には、到底想像も出来ないものがある。

私はこの勝訴を聞いた直後から、言いようのない不安と恐怖を抱《いだ》いていた。万が一にも政府が控訴したらという恐れである。

私は「徳島ラジオ商殺し事件」の富士茂子《しげこ》さんの冤罪《えんざい》裁判に二十数年関わって支援しつづけ、茂子さんの死後、ようやく無実の判決を勝ちとった苦い経験を、持っている。

その時、日本の裁判の様々な恐怖の実態を見せつけられたが、最も骨身にしみて恐怖したのは、せっかく勝訴しても、二週間ほどで、権力側に控訴されたら、長い苦労も水泡に帰すという残酷な運命であった。検察側の控訴断念の声を聞くまでの、当事者の不安と恐怖は、まさに拷問《ごうもん》に等しかった。

茂子さんの死後勝ちとった勝訴判決の直後、私は市川房枝《ふさえ》女史と、手を取りあって泣き、喜んだ。その時、市川女史が、

「まだ控訴の不安があります。検察の控訴断念を聞くまでは油断ならない」と言われた厳しい口調を忘れない。

小泉首相の改革の旗じるしは、今度の控訴断念を決然と示したことによって、単なる打ち上げ花火でないことを証明してくれた。小泉政府の改革は、ここに見事な実績を一つだけは見せてくれたのである。

ハンセン病患者、元患者の方々にあやまらなければならないのは、政府だけではないと思う。私もまた国民の一人として、これまで、この方たちの苦悩を見殺しにしたまま、彼等の人権回復のために、何の努力も援助もして来なかったことを、深く恥じ、懺悔《ざんげ》しなければならない。

「報復戦争」へ何を語るか

戦争の二十世紀の後に、二十一世紀こそ平和の世紀をと期待した世界中の人々の願いは、見事に裏切られて、二十一世紀はテロと報復戦争で開幕した。九月十一日の米国同時多発テロから早くも三カ月余が過ぎさり、ニューヨークも東京も、クリスマスの電飾でまばゆく輝いている。

アフガンでは、まだビンラディンを追い需《もと》め、連日、爆撃が続行されている。目前に迫ったクリスマスまでに、その消息は摑《つか》めそうにもない。

その一方で、日本では、年の初めの外務省機密費詐欺事件に始まり、年の瀬には青森県住宅供給公社の元経理担当職員が一四億もの大金を着服し、一部をチリにいる妻に送りつづけていたという。八年間その悪行がノーチェックで発覚しなかったというのだから開いた口がふさがらない。

少し前には高知県土佐山村の前収入役が一三億円を流用し、愛人に貢《みつ》いだり競輪に使っていた不祥事も暴露されている。外務省だって不正の金は五億円に及び、他にも各課・各室で公金二億円が、長年不正プール・流用されていたのだから、役人たちの良心麻痺《まひ》ぶり堕落ぶりにはお手上げである。

世間では未曽有《みぞう》の不景気だといっているのに、あるところには金はだぶついているのだなと、真面目な気の小さい納税者は、ショック死しかねない。

体のなかが堕落退廃しきっているのに、かけ声勇ましく報復戦争に追随している日本という国はどうなっているのか。それでも、日とともに、このままではならないという戦争批判の声も上がりはじめている。

年の瀬に新宿・紀伊國屋ホールで開いた日本ペンクラブの戦争に反対する講演会にも会場一杯の人々が集まっていた。井上ひさしさんの『連鎖街のひとびと』を上演中の舞台が、その夜だけないというので、急遽《きゅうきょ》そこを会場に借りたのだった。したがって井上さんの芝居の舞台装置がそのままある舞台であった。

井上さんの芝居は、大東亜戦争が敗戦となった八月末の旧満洲（現・中国東北部）大連のホテルの地下室に集った人々が話をするというもので、反戦思想が盛りこまれている。まさにペンの会としては打ってつけの場所であった。井上さん、加賀乙彦《おとひこ》さん、私、梅原猛《たけし》さん（日本ペンクラブ会長）の四人が四五分くらいずつ話した。時間が短すぎ、私は何故かあまり話したこともない北京で迎えた終戦体験などから話し出し、珍しく収拾がつかなくなってしまった。他の人たちの話は、感動的であった。

梅原さんは山折哲雄さんと、現在の報復戦争に対しての反対意志を盛りこんだ対談集を早々と出しておられた。

私も、今度のテロ事件以後の様々なエッセイや、テレビ・ラジオで話したことを集めた小さな本を『残されている希望』という題をつけて、ＮＨＫ出版で出したばかりであった。仏教徒の立場からも文学者の立場からも、考えていることは発言しなければならないと思ったからである。

ヒロシマ・ナガサキのことを、何と早々と忘れてしまえるのか。

二十三年前、有事立法をめぐって、国民の中に不安と混乱が起こった。その時、

新聞の投稿の歌に、

二百万の死をもて得たるその轍《てつ》を何ぞ急なる忘るることの

とあったのを思い出す。和歌山の西景三《にしけいぞう》さんの歌であった。

全く人間とは、実に忘るることの何ぞ急なる動物であろうか。

どういう集まりの時でも、七十五歳以上の人に手をあげてもらうと、すでに寂《せき》寥《りょう》たるものである。生き残ったわずかな戦争経験者の我々が、積極的にあの悲惨な戦争を語りつづけなかった責任も逃れられないと思う。

ところが私の子供のような若い世代が戦争の虚しさをしっかりと捕らえはじめている。

坂本龍一さんは、あのテロで崩壊するビルをニューヨークにいて目撃している。

坂本さんは事件の直後からブッシュ大統領の報復に疑問の声を発していた。

メールにあらわれる同じ意見の人々の声を集めて、編集し、本にした。『非戦』(幻冬舎)という題である。

彼等はみな、テロの背景にあるものに目を据《す》えている。地球の上の貧富の差と、富める者が分かちあう精神に欠けていることにテロの起こる原因を認めている。

人は人を殺すなかれという仏教の精神が、彼等の間にはすんなりとおさまっているのだ。「非戦」、戦わないと宣言するには勇気がいる。世間の流れに逆らう少数派になることは、命懸けを要求されるだろう。それでも彼等はひるまない。次の世代にツケを廻さないという決意には、彼等に愛する子供たちがいるからでもあろう。

いつの時代でも好戦的な人間と、戦争嫌いな平和主義者たちはいた。想像力を持つのが本当のインテリである。戦争の経験が無くとも、彼等は非戦の道を選び取る。出たばかりの本を持った坂本さんの写真を新聞で見た日、榊莫山《さかきばくざん》氏から、新年の色紙を贈っていただいた。馬の首らしい抽象画の左右に、

馬ヲ華山ノ陽《ミナミ》ニ帰シ、牛ヲ桃林ノ野ニ放ツ

と書かれていた。お手紙がついていて曰《いわ》く。

「武王が殷《いん》の紂王《ちゅうおう》をやっつけて周王朝をたてたとき『もう戦争はこりごりだ』とつぶやいてこの詩を書いたという。当時、馬と牛は最大の戦力であった。—莫—」

自然への報恩

人間は万物の霊長だと威張ってきたが、どうやらとんだ勘ちがいだったようである。植物や動物で、これまで人類と地球に共存してきたものの多くが、絶滅の危機にさらされていることが報告されている。それは地球の上で最も威張って生きる人間が、地球を汚染し、自然を破壊しつづけてきたせいである。

そのことはさすがに人間も認めていながら、一向にその改善への努力が払われていない。

人間が、鳥や獣などより優秀だと思いこむのは誤りであった。自然界の動植物に絶滅の危惧があるのに、人間だけが永遠に生き残れるなどと思いこむのは、人間が限りなく愚かで傲慢《ごうまん》である証拠のように思う。このままではやがて、人類もまた、他の動植物と同じく絶滅への道をたどることになるだろう。人間はもっと謙虚になって、自分の愚かさを反省すべきである。人間が生きているのは、衣食住だけをふりかえってみても、地球に共存している他の動植物のおかげを全面的に蒙《こうむ》っているのである。

狂牛病騒ぎの一例をとってみても、食生活にどれほどの大恐慌を蒙ったことか。

木々の緑や紅葉や花々の美しさが地球から消え去っていたら、どんなに人間の暮しは殺風景になり、感動することが少なくなるだろう。百四歳まで長寿を全《まっと》うされた加藤シヅエさんは、一日に十回、人間は感動しろと常日頃口にされていた。一日に五回はおろか二回も感動することは難しい。それでも人間は、朝起きて軒《のき》端《ば》の梅が咲いているのを見たとたん、ああ、春が来ると胸がときめくし、その枝に鶯《うぐいす》が来て鳴けば、たしかに春になったと、二度感動する。

日常の移り変りや、太陽や月や星に、私たちはどんなに慰められ、晴天につけ、雨や雪につけ、情緒を慰められているかしれない。夏の蟬《せみ》の鳴声も秋の虫の合唱にも、思わず自然の営みに感動し、四季のある日本に生まれ合わせたことを感謝せずにはいられない。

どちらを向いても自然の美しさや動植物の無心な施《ほどこ》しを受けていることを知る。せめて人間のそれらへの恩返しがあるとすれば、動植物の命を大切にし、それらが絶命しないように自然を守りつづけていくことしかない。

ニューヨークのテロの残骸整理の写真を見たが六カ月経った今も、まだ破壊された残骸の三分の一は残っていて、痛ましい。

アフガンのテロ報復の爆撃跡の痛々しさも目を覆《おお》うものがある。アフガンの焼跡が復興し、木や草が生えるまでには何年かかることだろうか。

一方、ゴミの山だった瀬戸内海の豊島《てしま》は、弁護士の中坊公平氏や、建築家の安藤忠雄氏の発案でオリーブの樹が植えられることになり、その植樹運動の輪が拡《ひろ》がっている。それを植える私たち世代の人間は、島にオリーブの実がたわわになる日は見られず死んで行く。それでも、一本でも二本でも自分の植えた木が将来島の人々に幸せをもたらすことを思えば、喜びと誇りが湧いてくる。

命の重さ

昨年の自殺者の数が、過去最悪だった一昨年より〇・六%多い三万三千四十八人になったと発表された。中でも生活苦、経済苦が原因の人が一昨年より三百四十人近く増え、二千八百人に届くほどになっているという。

しかも四十代、五十代の、いわゆる働き盛りの男性の自殺が目立っている。いつまでつづくか将来の見通しのつかない不況の波に足をすくわれたこの人々の無念さを思うと、痛ましさで胸もつぶれそうになる。

しかし、死んでいった本人より、残された家族の痛恨は何といって慰めたらいいかわからない。

遺族たちが、自殺者は地獄に落ちるとか、浮かばれないとかいわれるが本当でしょうか、というような質問を涙ながらにしてくることが多い。

働き盛りの一家の主人に自殺されるのは辛いが、頼りにしていた息子や娘に自殺された親の痛ましさも、慰めようがない。

死んで借金苦から逃れたいと思う気持も充分同情出来るし、この今の世の中に絶望して死を急ぐ若者の気持もわからないではないが、自分の死が遺族に与える苦悩を思えば、何としてでも生きていてほしかったと思う。

しかし、自殺を決行するまでには、ほとんどの人が、悩み苦しみ、ノイローゼ気味になっていて、自分の苦痛を除く以外には考えられなくなっているのかもしれない。

一番辛いのは、自分の死によってとれる生命保険の金で借金の返済に充《あ》てようとした中年の自殺者のどうしようもない苦しさである。

また死に追いつめてゆく取立人の非人間的な冷酷さも見逃せない。

昔から死ぬ気になれば何だって出来るという言葉がある。死んで花実が咲くものかという言葉もある。

どんな運命も、必ず変るのが無常の法則である。

もっと痛ましいのは、一人で死なないで、家族を道づれにすることだ。更にまだ前途のある罪もない子供を道づれの無理心中をすることである。

信頼しきった親に殺される子供は何としても救わなければならない。

子供を残して、苦労させるよりも、いっそ自分たちと一緒につれて行こうというのが、その時の親の心理だろうけれど、子供の命をあまりにわたくし視しているのではないか。子供の命は、いや命のすべては大いなるものの授りものだという考えに立ちもどってほしい。

命の重さを真剣に考え、それを幼い時から子供に教えこむのも親の責任ではないだろうか。未成年の十七歳や十五歳の殺人が相つぐのも、一人一人の命の大切さ、重さを、教えこまれていない教育から招く惨事のように思えてならない。

小学生に感動

京都市下京区の商店街の真ん中にある市立小学校で、五、六年生の生徒たちに話をしに行った。

繁華街の中にあって、その小学校は堂々とした近代建築だった。しかし運動場の敷地はとれず、二階にあった。

地方なら、市役所といってもうなずけそうな建物に入って行くと、生徒たちが放課後の掃除をしていた。手に手に雑巾《ぞうきん》を持った生徒が、手を休めて、姿勢を正し、

「こんにちわ」

とにこにこ挨拶《あいさつ》して迎えてくれた。びっくりして、こちらも、笑顔で「こんにちわ」と返していた。一人ではなく、歩いて行く先々で、男の子も女の子も、同

じように迎えてくれた。

日頃、教育の頽廃《たいはい》が亡国《ぼうこく》の元だと言いつづけてきた私は、もうそれだけで、早くも胸が熱くなった。生徒たちの挨拶は、先生や学校から強制されたものでなく、自然に身についた行儀の発露のようであった。つまり、この小学校では、生徒への躾が行き届いているのだと感じた。

校長先生は若々しく見え、おだやかな人柄だった。この人も物腰や言葉が自然態で、気持がよかった。

生徒数はこんな大きな小学校で四百人で先生は三十人だという。

私が四国の徳島市の小学校へ通っていた頃は、一学年四クラスで、生徒数は千二百人だった。先生は三十人いなかった。校舎は一階建木造で、町の中でも一番古くさく、他校からばかにされていた。そのかわり、眉山《びざん》の山麓《さんろく》に広い運動場が他校のどこよりも広いのが子供心に自慢だった。

私はこの日「心に誇りを」という題で話をした。演壇に上らず、床に立ったまま、目線を生徒たちと同じにして、出来るだけわかり易いことばで話をした。生徒たちの後方に、お母さんたちも生徒と同数くらい来て聞いていた。生まれた町、育った国、自分の家、自分自身に誇りを持つことが、生きる根っこになるのだと話した。

人間として生まれたことは、他の動物にはない誇りが心にあるのだと訴えた。心に誇りを持てば、いじめや、不登校や、学級崩壊などということはなくなるのだと私は考えている。自分の子供時代のことを話し、インドで見た青空教室のことを話し、日本が世界に誇る文化遺産の源氏物語についても話した。

学校の成績より、やさしい心、他者の苦しみ悲しみを思いやれる想像力のある人間こそすばらしいのだと話した。そのため読書が大切なのだと言った。

生徒たちは熱心に行儀よく聞いてくれ、うなずいたり、考えたりしている表情が可愛らしかった。

一時間余り喋《しゃべ》って、質疑応答の時間に入った。

生徒たちは間を置かず、次々手を挙げて、活潑《かっぱつ》に質問する。その質問にそれぞれ個性があって、ひとつひとつ答えることが嬉しかった。

私の話を素直にうけとめてくれていることのわかる質問だった。

中で小柄な男の子が、

「家に病気でずっと寝ている人がいたら、どんなふうにしてあげたら一番喜ぶでしょうか」

と、質問した。私は思わず、その子のそばに寄っていって、握手した。

こんなやさしい心を持つ素直な子供のいる限り、日本はまだ未来があると嬉しくなった。一人の質問は普遍的な問題だった。

この子供たちが、この素直さを持ちつづけて、中学へ、高校へと進んでくれることを心から祈った。

子供でも大人でも、話をするより、相手の話を聞くことが大切なのではないだろうか。こちらから話をしかけるのは、相手の話を引きだす糸口をつくることではないだろうか。久しぶりに快い感動を味わわせてもらって、私は子供たちに別れを告げた。

教育とは

政府が教育の改革について各界に意見を求めているようだ。総理と文部大臣が名を連ねた意見書を需める書状が出廻ってもいる。今日のわが国の教育の荒廃の惨状を見れば、遅すぎる立ち上りのように感じられるが、このまま手をこまねいて傍観するより、教育の危機感に目覚めて、抜本的な改革に取りかかろうという姿勢を見せるだけでも一歩前進ということだろうか。

国旗を法制によって学校に掲げさせるようなことが教育の本質ではない。その前に国旗の意義とか必要性とか、由来とか、歴史とか、戦争との関係とか、そういうことを教えて、子供自身に国旗への対応を考えさせることが教育であろう。

現実にニュースに報じられる警察官の度重なる嘘つき事件や薬害エイズの実刑判決文に見る加害者側の倫理感の欠落ぶりを見ると、こういう大人たちの頽廃ぶりを見せつけた中での教育とは、何から始めたらいいのかと考えこんでしまう。昔の小学校には修身の授業があった。黒い表紙の修身の教科書の中に、嘘つきの少年が何度も狼《おおかみ》が出たと嘘をついたので、本当に狼が出て少年を襲った時、いくら狼が来たといって叫んでも誰も助けてくれず喰《く》われてしまったという話があった。今でも私は狼に追われて泣き顔で叫びながら逃げている挿《さ》し絵の少年の顔がありありと瞼《まぶた》に残っている。

少年は和服で草履《ぞうり》をはいていた。

今更修身の時間を設けよとは言わないが、生きるためのバックボーンになる徳育教育は頭のやわらかな子供の時からするべきではないか。何が善で何が悪か、人は何のために生きるのか。弱者にはどう対処すべきか。そんな道徳のいろはを、まず叩きこむべきではないのか。親孝行とか師を尊《うやま》えとか、老人を大切にしろとかいうことばは今や死語になりつつある。これは子供たちの責任ではない。すべて大人たちの責任である。子供は親の背を見て育つ。本当は、学校教育より、大人の道徳教育のやり直しが必要なのだが、そんな悠長な時間はすでにない。

修身の時間はなくとも倫理の時間は設けられていいと思う。しかしそれを教える教師の質が低下していると聞くとお手上げである。

教師が聖職であるという意識を取りもどす師範学校の教育からやり直してもらわなければならない。

幼稚園児から受験勉強に追われるような日本の受験教育はナンセンスである。母親がお受験ノイローゼになるなど漫画にもならない。智識をいくらつめこんでも、人間はよくならない。AとBとCの物質を合わせるとサリンが出来るという智識より、そのサリンを大量殺人に使うのが正しいか、正しくないかを判断するのが智慧《ちえ》である。智識偏重の教育から、一日も早く智慧を培《つちか》う教育に切りかえなければ、日本の将来は滅びへの道を転がり走るだけであろう。

受難の子供の世紀

子供は「子宝」と呼ばれ、また夫婦の間では、「子は鎹《かすがい》」といって大切に扱われていた。

ところが最近の子供たちは、花火を観に行っては、人波に押しつぶされて死亡したり、突然、おかあさんの留守に若い男が家に闖入《ちんにゅう》して、台所の包丁で斬《き》りつけられるとか、全くいつ、どんな目に合わされるかしれない。学校では、いじめっ子に、お金をまきあげられたり、いじめ殺されたりする。気の弱い子供は、辛さのあまり、自殺に追いつめられる。

罪もない子供が、いつ天災や人災で命を奪われるかしれない。まだその上、可愛がってくれるのが当然のはずの実の母親から、理不尽な虐待《ぎゃくたい》を受けたり、殺されたりする。

全く可哀そうなのは、子供たちで、今ほど子供が受難している時はない。

二十一世紀は子供の受難の時代というべきか。外国には今でも祖国を追われ、難民生活に追いこまれている子供もいれば、目の前で、親の殺されるのを見なければならない戦争中の子供たちもいる。飢えで骨と皮になっている子供も、地球の上には何百万といる。

日本では、ホームレスでも新聞を読んでいると、国民の教育度を誇って口をすべらせ、ヒンシュクを買った宰相もいるくらい、子供たちはすべて義務教育を受けている。

とはいっても、教育で高尚な人格を育てられる時代は、昔の夢物語になってしまった。教育を受けた子供が、青年になり大人になり、母親になって、抵抗力のない、いたいけない子供を虐待し、暴力を振《ふる》うのである。実のわが子を虐待し、死に至らしめる鬼親になるのである。

子供の無惨な被害の報に接する度、殺された子供たちが、この世の生の終りに、どんな思いを抱いたか、想像するだけでも全身がおののく。自分の置かれた状況が把握されないまま、痛ましく殺された子供たちの、肉体の苦痛、心の恐怖を思えば、居ても立ってもいられない焦燥に身を焼かれる思いがする。

児童福祉法という法律があっても、子供たちの咄嗟《とっさ》の危機を未然に防ぐこともできない。法律とは何と虚しいものか。

万一、危機を逃れて生き残ったとしても、その子の目に焼きつき、全身に感じてしまった事件の恐怖は、将来、その子の成長過程で、拭《ぬぐ》いきれない心の傷となってトラウマになるであろう。

安全な筈《はず》の学校でさえ、命の危険にさらされると思えば、そんな目に遭《あ》った子供が、学校へ行くのを恐怖して登校拒否になるのも当然である。

何がどこでどう狂ってしまったのか。加害者の動機が余りにも無自覚無知なのにも驚かされる。人間の心を正し、人格を造る教育こそ、急務ではないだろうか。新内閣には、あらゆる改革が望ましいが、最も急務で、必要なのは、教育の大改革ではないだろうか。仏造って魂入れず式の今のような教育では、日本の将来は絶望的である。

初出一覧

第一章　子供の頃の記憶、私の人生

第二章　老い、死について

第六章　世の中、社会について思うこと

この作品は、平成一七年九月に小社から刊行された『寂聴生きいき帖』（祥伝社黄金文庫）を再編集したものです。

瀬戸内寂聴
（せとうち・じゃくちょう）

一九二二年、徳島県生まれ。東京女子大学卒。一九五七年「女子大生・曲愛玲《チュイアイリン》」で新潮社同人雑誌賞受賞。六一年『田村俊子』で田村俊子賞、六三年『夏の終り』で女流文学賞を受賞。七三年、岩手県平泉の中尊寺で得度。法名寂聴（旧名・晴美）。京都嵯峨野に「寂庵」を構える。九二年『花に問え』で谷崎潤一郎賞、九六年『白道』で芸術選奨、二〇〇一年『場所』で野間文芸賞を受賞。九八年に『源氏物語』の現代語訳を完訳。二〇一一年『風景』で泉鏡花文学賞を受賞。二〇〇六年文化勲章を受章。著書多数。

悔《く》いなく生《い》きよう

令和二年二月一〇日　初版第一刷発行
令和四年一月二五日　　　第四刷発行

著者　瀬戸内寂聴《せとうちじゃくちょう》
発行者　辻浩明《つじひろあき》
発行所　祥伝社《しょうでんしゃ》
〒一〇一―八七〇一　東京都千代田区神田神保町三―三
〇三（三二六五）二〇八一〈販売部〉
〇三（三二六五）一〇八四〈編集部〉
〇三（三二六五）三六二二〈業務部〉

印刷　堀内印刷
製本　ナショナル製本

ISBN978-4-396-61717-2 C0095 Printed in Japan
祥伝社のホームページ www.shodensha.co.jp